山林

胡冬林 著

河南人民出版社

原始森林手记

交尾的蓝豆娘

百合花与翠凤蝶

鸡树条荚蒾果实

原始森林手记

两只狍子

树桩上的花栗鼠

林中写字台

原始森林手记

长尾林鸮

一对鸳鸯

野鸭夫妇

蘑菇课

抱核桃的松鼠

拦路的刺猬

黏小奥德蘑与山蜗牛

蘑菇课

小花褶菌

黏小奥德蘑

野生猴头蘑

狐狸的微笑

蓝盆花与飞虻

铃兰

挖参人收获后
在树干上刻下的兆头

青鸟晨歌

雄性大斑啄木鸟

绿啄木鸟

小星头啄木鸟

目录

原始森林手记	001
蘑菇课	071
狐狸的微笑	177
青鸟晨歌	231
后记	265

原始森林手记

原始森林中的写字台

三宝鸟嘎——叫了一声,粗粝响亮,吓我一跳。随即惊喜:生平第一次看见这种鸟!

它俗称老鸹翠,国外叫佛法僧。个头比松鸦略大,一身绿莹莹的羽衣,像个小胖墩坐在高高的枯树枝上,展翅飞翔时喜欢兜圈子,飞行轨迹上下起伏颠荡,兜抄捕捉蚱蜢、金龟子、蜻蜓等大型飞行昆虫。这时,可看到它的双翼下面各有一个鲜明的半月形雪白羽斑。

在河边长大的孩子会在那里找到无尽的童年乐趣。已经不年轻的我也一样,在原始森林里这条清澈见底的小河边,经历了许多人生中的"第一次":

采摘山野菜季节,在鸟鸣阵阵的河边找柳蒿芽,第一次见一只柳串(黄腰柳莺)狂追另一只(男追女)。两只小鸟在树丛间闪电般穿梭,那种快闪疾掠令人眼花缭乱。女柳串被追急了,不辨东西南北，突然从我的两腿间嗖地掠过。狂热的男柳串衔尾疾追，欲火攻心，当然也紧跟着穿裆而过。年轻时踢足球曾被对方前锋带球穿裆，哄笑声中登时羞怒交加。这回被小鸟穿裆，唯有傻乐。

还有一天，跟踪拍摄一对绿头鸭，被这小两口引到鸳鸯的地盘，第一次近距离看见长着弯弯的白色过眼线、总是笑眯眯的鸳鸯妈妈，带领一群黄茸茸的小毛团，欢快地觅食嬉戏。

一连三天等在老倒木旁边，第一次等来包网鬼笔戴着盔形帽的菌柄，从土豆似的"卵"里慢慢拱出，一袭白绉纱般菌网裙怯怯颤颤展开，精致娇美得令人惊叹。

藏在灌木丛中的吹树鸡叫叫，第一次把对岸保护妻小的雄性花尾榛鸡（俗名树鸡）激怒，它长距离滑翔过河，落在我身边的树上，梗脖侧目，颏下有一撮小黑胡，像个气鼓鼓的小拳击手，四处搜寻前来挑衅的对手。

在蛇谷入口，第一次被一条胳膊那么粗的棕黑绵蛇吓得不轻，它刚出蛰不久，正在石头上晒太阳。相处一段时间，发现这种无毒蛇性情和善，甚至允许我轻轻抚摸。它眼睛覆盖一层蓝薄膜，透过这层膜，可看见大而黑的瞳孔周围，环绕一圈细密小金点组成的金环。

细雨中在河畔漫步，对岸的原始林中突然响起刚——刚——

的可怖恶声，是大公狍的恫吓声：快滚开！我亦吼叫作答，它马上回应。于是，第一次和狍子你一声我一声对吼，最后我羞愧地败下阵来。

秋雨过后，第一次在一棵椴树倒木上采到20余斤冻蘑（亚侧耳），老大一堆。跑到路边向一伙采蘑人借个背篓，才把这堆蘑菇背回家。

有一天正骑在大倒木上吃午饭，忽然一只巴掌大的小猫头鹰悄无声息地飞来，落在面前的小树上，瞪着一双圆溜溜的大眼睛盯着我看。天哪，棒槌鸟（红角鸮）！我麻溜放下保温杯抓起相机，哆哆嗦嗦调准焦距正欲按快门，人家却倏忽而去。放下相机刚端起保温杯，又一只棒槌鸟飞来落在小树上；放下保温杯又抓起相机，人家又倏忽而去。

冬天在大雪中跋涉5小时，在一棵老树上的树洞口，第一次发现一小堆黄澄澄油亮亮的五灵脂米，这是一种稀有的中药材，也是我苦苦寻找两年的鼯鼠科小飞鼠的粪便……

还有，还有第一次：第一次在大冬天，目睹长尾粉红雀把身子浸在浅水中溅水洗浴；第一次认识山芍药鲜红欲滴的果实；第一次听到小杜鹃悠扬如箫，富于音韵的歌鸣；第一次抓起紫貂臭得要命的新鲜粪便用鼻子闻味，判断它过去多久；第一次认识比黄豆粒还小的隆纹黑蛋巢菌，巢中还有蛋（孢子），我情不自禁地趴在地上，长久地欣赏它们的精巧之美；第一次屏住呼吸观看一窝白鹳鸰的蛋，然后轻手轻脚离去；第一次凌晨两点多起床，到大树下偷听头顶上一只灰背鸫如醉如痴的歌唱，歌声终于打动了一位小美女，俩人开始追逐交配……

还有，还有第一次：第一次在河边的原始林中，找到一张生平最满意的写字台。一棵直径1.5米的大青杨的旧伐根圆盘当桌面，4截短原木轱辘摆在四周当凳子，旁边立一根4尺高的原木，绑上一把灰色遮阳伞，短树杈上挂着我心爱的望远镜和数码相机。曾有几个山里人把这里当成打尖的地方（有丢弃的垃圾），他们离开后，我找到了这里。每次来到这儿，都心存幸运和感激之情：这里有世界上最纯净的蓝天与星空，空气与河流；有时百鸟合唱，有时万籁无声；有时花香扑鼻，有时落叶纷纷；夏天有花栗鼠在旁边偷看我写字，冬天有紫貂在桌面的积雪中打转……

多少人曾幻想在一座小岛或湖畔或海边或野外独处思考写作，寻找一份脱俗的安宁。写《无界之地》的美国女作家玛丽·奥斯汀拥有一个树上工作台。我想，在中国作家们当中，我拥有一张最牛的原始林写字台。

我的近邻就是那只三宝鸟。每天早上它瞥见我沿小河匆匆走来，便以鸟类的方式气恼而无奈地跟我打个招呼：嘎——它谈情说爱肯定不是这种声音，鸟儿们都这样，拥有两种或两种以上的发声方法。不过我也回报了它：一天中午，它在西边发出极不寻常的叫声，和母鸡下蛋的调门一模一样，嘎嘎嘎——嘎！急切不安并不断重复，传达出愤怒和驱赶之意。少顷，从东、南两个方向，也响起同样的大叫，它把同伙都招来了。我四处张望，原来，在它领地中央的一棵大枯树上，落着一只灰脸鵟鹰。这家伙是鸟世界中的顶级捕猎者，没有天敌。难怪它稳稳当当端坐在枯枝上，根本没把领地主人的抗议当回事儿。

三宝鸟产蛋迟，亦属晚成鸟，这只鹰八成惦记正在孵卵的雌鸟或刚出壳的雏鸟呢。人进入自然界本应奉行不打扰和不干涉原则，但我欠三宝鸟一个大人情，人家已经容忍我进入它的地盘，现在邻居有难，这个忙不能不帮。于是我站起身，也学着母鸡下蛋的调门嘎嘎大叫。四面楚歌的灰脸鵟鹰马上升空，直线飞离。

鹰的眼风何等犀利，早已瞟见人影。短短30年间，长白山猛禽数量比过去下降一半，人最可怕，啥坏事都干。这个印记已深深镂刻在它们的遗传基因当中，代代相传。

我的林中写字台附近还有哪些远亲近邻呢？

5月的一天，我带着帐篷，从写字台处上行200步，在我最喜爱的散步小道旁边的林中湖畔，隐蔽观察了一天。

刚到湖边，立刻瞥见水中有鸟影，举起望远镜看去，天哪，竟然是一只雌性中华秋沙鸭！这种野鸭在全球约1100对，我国约

250对,在长白山约100对,实属王冠顶尖上的宝贝疙瘩。

　　在保护区内外有11处中华秋沙鸭的繁殖地(没有一处得到保护)。没想到,今年有一对在蛇谷中筑巢安家。此鸭极机警,我刚露头,它已转身往河曲隐蔽处游去。15时许,它带领一群幼鸭出来,噗噗噗搅水觅食。它的子女应该是长白山所有的鸭类子女中最早出壳的。此种野鸭和鸳鸯一样,在距地近十米高的枯树洞中筑巢。幼鸭属早成鸟,出壳后在亲鸟的殷殷呼唤中,从高高的树洞边纵身跳下。

　　我根本不敢拍照,只伸头看一眼便缩回来,生怕打扰这户人家。不巧的是,天上出现三只大鵟,两雄一雌,在空中久久盘旋翻飞,纠缠相斗,还叽叽叽怒叫。立刻压得百鸟无声,纷纷躲藏。人家根本没把我放在眼里,我也乐得观赏它们的空中表演。

　　顺便说一句,我的写字台北边的悬崖上,有一处黑鹳的旧巢残迹。20年前,我在赵正阶先生的《长白山鸟类志》中,曾读到过对这个黑鹳巢的描述,早就心向往之。等到2005年第一次看见这个旧巢时,由于当地在悬崖下修电站引水渠,黑鹳早已在25年前受惊吓离去……

　　一对鸳鸯和4只雄绿头鸭先后现身;蓝色的三宝鸟在大树顶尖上呆坐;两三只白腰草鹬整日忙碌;三五只高山鼠兔出来嚼青草,其中有一只发现了我,马上嘌嘌嘌大叫,发出斥骂声;棕黑绵蛇和极北蝰9点钟出来晒太阳，都是老熟人，前者有蜕皮征兆；四声杜鹃到处流窜；各种小鸟都在忙碌，14点左右开始大声鸣叫。

湖中三种水禽的叫声各有特点，绿头鸭清脆响亮，有股子狂野不羁的味道；秋沙鸭粗浊喑哑一些，亦显出十足的野性；鸳鸯怕羞似的哦儿——哦儿——发声，声音柔弱而娇怯，音量也低。有只公绿头鸭胆大，竟然在午后逆光条件下，从我面前顺流而下，还扭颈侧头一直盯着我看，呷呷呷大叫，似在告诉同伴：这儿有绿色的大怪物！它是去年出生的一岁小公鸭，每只公鸭都有个性，连沼泽山雀都如此。它不是眼神不济而是胆大包天，距我只有5米左右，双目鼓凸晶亮，闪闪发光。

秋沙鸭一家黄昏前又出来觅食，显然在湖对岸的草丛中有藏身处。母鸳鸯胆子比公鸳鸯大，径直往我这边游过来，好奇地观察我。公鸳鸯是个尽职的护花使者，一直用身体遮挡妻子。从上游漂来一个白色物体，它马上护送妻子藏在树荫下，自己大胆地游过去，试探性地啄上两啄。确定无危险后，才给妻子发信号，叫它出来一起觅食。少顷，那白色物体漂到我面前，原来是只白色塑料袋。25年前，我在苏州园林第一次看见圈养的鸳鸯，脏兮兮的个头不大。4年前，在鸭绿江的碧水中第二次看见它，由于未调好焦距，望远镜中出现一团金黄黄的物体……待调好焦距后，一只绝顶美丽的雄鸳鸯在阳光绿波的衬映下，雪白、橙红、炭黑、紫栗、铜绿、金黄、亮褐七彩生辉，三根初级飞羽撑开一扇金帆，形似古希腊竖琴。冷眼看去，还以为一片彩虹落在碧波之上。我当即被这绝美造物震撼得目瞪口呆，刹那间热泪盈眶……

没想到一泓碧水养育了这么多鲜活美妙的生物。唉，有一伙人在此搞承包，名曰原始林漂流，可这里是保护区呀！这种一家发财，众多野生动物遭殃的日子从6月1日即将开始。去年，在这一带密林中生活的一只大雕鸮，被喧闹的漂流人群吓跑，被迫迁往下游居民区附近。它夜出捕食时翅膀刮在电线上，伤重身亡。它是森林中最大的鸮类之一，体长近70厘米。猫头鹰是夜行性鸟类，可是它再怎么耳聪目明，也无法适应居民区架设的各种空中设施。今年重回此地，在附近生活的三只狍子、六只以上的花尾榛鸡已杳无踪影，昨天还发现一只松鸦的尸体，它们都被盗猎者杀害了。去年12月底，我发现过一个捕捉花尾榛鸡的陷阱，还迎头撞见两个怀里明显揣着猎物的人。街里的许多饭店可以点清炖榛鸡，180元一大盘。我亲眼见过，盘中盛放着两只国家二级保护动物。名扬全国的吉菜中也列入了飞龙菜肴。哈尔滨至少有5家大酒店，在20世纪80年代专烹飞龙宴，冷热菜肴13道，其中热菜赫然有飞龙酒锅、扒熊掌松仁、红烧犴鼻、松茸，冷盘有鲑鱼子、鹿丝冬笋、银耳冰糖雪蛤，一共六道用受保护的珍稀野生动物烹制的菜肴。

飞龙（花尾榛鸡），由满语裴耶楞古转音而来。14世纪初即为岁贡之特产，现在已成有钱人的口中美食。在长白山的这两年，我耳闻目睹很多人把长白山保护区当成摇钱树，大搞所谓的旅游开发，在保护区砍倒1400棵大树盖五星级别墅；铲光珍稀的温泉瓶尔小草建温泉广场；在小天池放鱼苗，想把小天池变成养鱼池。这些鱼苗大吃珍稀的两栖动物极北小鲵、爪鲵和东北小鲵的卵，竟长到2.4斤重；砍光近500亩人工林，兴建占用1500亩以上林地的国家早已明令禁止兴建的高尔夫球场；当地还屡屡发生猎熊事件，每年吃掉和贩卖成吨的熊掌……

我只是一介书生，除了向有关部门举报之外，只能祈愿我写长白山原始林的文章不会成为最后的绝唱。

大熊出蛰（一）

时间：2006年3月4日

向导：旺起林场林政员　陈龙和

地点：吉林市丰满区旺起林场黑瞎子圈

　　向导小陈在前面带路，惊起了一只花栗鼠。它有些消瘦，远不如秋天圆肥，跑起来轻盈利落，速度非常快。看来，近几天是具有冬眠习性的花栗鼠的出蛰日。三月底，它们该进入喧闹的发情期了。花栗鼠又叫金花鼠、花鼠，俗名有五道眉、花狸棒子、豹鼠、臊闹子。最后一个俗名是缘自它们在发情期互相尖叫追逐，在林子里闹闹吵吵而得名。这个来自民间的土名形象生动，令人叹服。不过，花栗鼠在秋天时的鸣叫真好听，溜溜溜溜——圆润、平和，透出一种丰衣足食的满足感，宛如一曲美妙的鸟歌。每次听见这种歌鸣，我都会上当，不由得到处撒目，寻找唱歌鸟影，结果总能看到一只花栗鼠安安稳稳蹲坐在大树下，气定神闲地高唱那首告别秋天的歌。

远处矗立着灰蒙蒙的摩天岭，它是吉林地区的最高山峰，海拔1300米。再过几天，冬眠的熊也该醒来了。我知道，在这个地区的偏僻山林里，零零星星残存着十几头熊。便问向导，过去此地有没有棕熊？向导小陈指着高大的摩天岭说，20年前的一个五一节，爷爷带着全家七口人登上了摩天岭峰顶。在顶峰的一处悬崖下面，他们碰见了一头大熊。它的冬巢是个石仓，在悬崖的宽大石缝里。由于地处林线以上，温度很低，它醒得相当晚，五月初才出蛰。观察熊留下的痕迹，看见这家伙使出蛮力扳倒了一棵足有小缸腿粗的百年老桦树留下的断桩，当时正美滋滋地大喝甘美清凉的桦树汁，结果被喧闹的人声给吓跑了。

爷爷年轻时曾经是个猎手，伸手量了量地上宽大的新鲜熊掌印，竟有小盆那么大！他脸色都变了，这么大的脚印，这熊至少有七百斤，肯定是个十分危险的公棕熊。他急忙带着全家人从另一条小路慌慌张张跑下山。

小陈至今仍记得爷爷当时说的话：幸亏熊先看见人，这时候一般没危险，要是人先看见熊，就可能要出大事。

熊冬眠前自动清空肠道，整个冬天肠子都瘪瘪的，只在直肠末端留一截干粪条堵住肛门口，防止冬天寒气从肛门袭入。这有点像古人死后入殓前在肛门处堵上一个"屁塞",防止人的真魂从此洞溜走。不过熊的屁塞比人的屁塞更实用。因此,熊冬眠苏醒后干的第一件事——必定要痛饮一顿泉水或春正液旺的鲜桦树汁,通润肠道并顺便把那截堵门——冬天的屁塞泡软排出。在针叶林深处冬眠的熊,醒来找不到泉水或桦树,就去找粗壮的高龄冷杉。春天的冷杉树脂分泌旺盛,在树干表皮流动时,常常形成一个个充满树脂的包瘤,有的树脂包大如脸盆。熊喜欢拍开这种树脂包,舔食松香扑鼻的黏树脂。有人见过母熊出蛰后,带领幼仔一起来舔食松树油脂。完成了通润肠道这个必要过程,熊的整个消化道功能即可恢复正常。然后它再去采挖山胡萝卜、桔梗、毛卷莲、白马肉和百合属植物等新鲜多汁的根部块茎大吃一顿。

熊的冬眠期从11月上旬开始,来年4月中下旬结束,五个半月左右。摩天岭的这头大棕熊,为了防备在冬眠中被猎人掏仓,真是费尽了心机,特意把冬眠的巢穴选在了当地最高峰的悬崖间,安安稳稳大睡近5个多月才醒来。熊冬眠的巢穴叫"仓",土话把熊冬眠叫"蹲仓"。有树仓、地仓、石仓等各种巢穴。熊大都利用大空筒子树蹲仓,石仓较少见,跑到林线以上的山顶蹲仓的更少见。足见当年的酷猎把熊逼到了什么份儿上!

棕熊在东北属珍稀动物,数量远比黑熊少得多,一个地区平均有8~10头黑熊才有一头棕熊。长白山保护区及周边的林场约有

30头黑熊，棕熊不足3头。由于少年时在山上看见过小棕熊崽子，我心里一直深藏着一份对棕熊的牵挂。20多年来，只要有机会，便到处打听棕熊的消息。然而，听到的大多是猎杀故事。今天听到的这段棕熊旧事，好歹是一次人与熊的偶然遭遇，不是猎事。使我一整天都感到情绪振奋，格外高兴。然而，野生棕熊在东北地区灭绝乃至在我国灭绝，只是个时间问题。主要原因有两个：一个是猎杀屡禁不止；另一个是持续不断地开发，人为干扰日益加重，导致它们的栖息地大面积消失。更何况由于棕熊数量太少，它们找不到配偶或已经开始近亲交配，棕熊正一步步走向穷途末路。

大熊出蛰（二）

时间：2008年10月31日
讲述人：捡松塔老人
地点：长白山保护区北坡寒葱沟

如果森林中偶遇一个山里人，我一定想尽办法跟他聊天。递烟是免不了的，有时还为这种偶遇处心积虑地准备一两听啤酒。本人不喝酒，但山里人大都嗜酒如命，根本抵挡不住罐装啤酒的诱惑。

为什么呢？

因为置身于山林中，人格外单纯和坦诚；因为两个人搭伴走山路不觉累；因为山里人会骄傲地向城里人讲述森林里的种种神奇事情……依我的经验，山里人将从他一生行走山林所亲身经历的众多故事中，挑选出最精彩的那个，毫无保留地讲给你听。这类故事属蕴藏在民间的故事精品，往往可直接写进作品里头。

今天在寒葱沟见5只灰腹灰雀，个个吃得圆滚滚的准备过冬。有一年没见到灰雀了，正在用望远镜观察时，听见嘎嘎嘎嘎——清脆嘹亮的黑啄木鸟叫声，它在招呼同伴呢。沿小路继续前行，忽听有动物踩踏落叶的声响。扭头去看，一头大公狍正在斜坡上大步奔窜，直入下面的灌木丛中。这声响与松鼠在落叶层上迅跑的声音不同；和人踩踏落叶行走的声音也不同。松鼠的奔窜哗哗哗一路急响，而人太笨拙且脚步重，不但踩得落叶哗哗响，还喊里咔嚓刮碰树木枝条，有时还磕磕绊绊踢在树茬子上。狍子不愧山林中的疾行者，声音不大，只唰啦啦一声启动声响，接着四蹄利利索索踩在落叶层上，大步流星，发出一串嚓嚓嚓的轻响，同时伴有轻微的枝条刮掠拂过身体皮毛的声音。它跑动的声儿不大却快捷如风，出现得突然，消失得迅速。等我想起身上挂着相机这回事时，人家已成功地隐身于树林深处。

说来可怜，来长白山两年，几乎天天上山，这是第三次看见狍子的身影。保护区现在只剩下20余只马鹿，被保护区内开展旅游、搞原始林漂流、林下参养殖、养林蛙创收、打松子、采野菜、采蘑菇、抓蛤蟆等人类活动压缩到只有1/6的一小块区域。狍子的命运更惨，一直有盗猎者猎杀它们。这几天我在寒葱沟保护区一侧已经听到三声枪响，不是打狍子就是打野猪。

归途中，忽然从路边树林里走出一人，看打扮听谈吐，知道是个老跑山的。主动递烟并邀他结伴同行。此人果然如我所愿，刚把话题扯到熊身上，他马上讲出一个与熊遭遇的故事：

今年春天采牛毛广（桂皮紫萁）的时候，他独自一人沿寒葱沟坡上那条道往山里走，走了有10里路的时候，迎面来了一头黑熊，人和熊走了个顶头碰。熊发现前面有人，仰脖朝天，用鼻子在空中晃来晃去闻味儿。

"谁在下风头？"我插话。

"熊在下风头。"他答。

"你带饭了吗？"我又问。

"带了，带的面包和火腿肠。"

"熊闻着香东西了。后来呢？"

后来，后来熊人立而起，盯着人一个劲儿张望。而后四肢着地，发出呼哧呼哧的喘息声，向人步步靠近。这是个三百来斤的黑大汉，十分雄悍，走路却悄无声息。

人只好往回走，有熊拦路，只有自认倒霉，空着两手回家转。没想到，熊一步一颠地跟了上来。

见熊在身后紧跟不放，他不由得加快脚步疾走。回头看看熊，它也加快速度，步步紧跟。疾行十多分钟，熊始终跟在他身后不到20步的地方，既不加速撵上来，也没有落后一步。老跑山的身上都带刀，而且研磨得锋利无比。他从腰间挂着的刀鞘里抽出那柄尺把长的利刃并放慢脚步。奇怪的是，熊抬头看了看人，也犹犹豫豫放缓脚步，而且眼睛一直看着人。人快它也快，人慢它也慢，人若停下它也不动。就这样，这头熊一直在人身后跟随走了大约一小时。

我们住的镇子海拔780米，进寒葱沟一路上坡，估计他走到海拔1000米处遇熊。熊冬眠要进入密林深处安身，大概在海拔千米处，睡到4月中下旬或5月初才结束冬眠。采牛毛广的季节是5月上旬。所以，这头熊刚从休眠中醒来没多久，正饥肠辘辘四处觅食，急欲填饱肚子。嗅到面包和火腿肠香喷喷的气味，饥饿的人都会垂涎三尺，更别说熊了。熊的嗅觉灵敏度超过狗6倍之多，它感受到的美味刺激该有多么强烈啊！

熊跟人一样，各具不同性格。我敢说，这头熊绝不是个愣头儿青，而是一个行事小心，甚至有些胆小，年龄不大，阅历尚浅，大约三四岁的熊。这个岁数的熊，相当于人类10岁左右（熊的寿命约25岁），虽然个头不小，却还是个年少懵懂、刚离开妈妈照料、独自谋生的小儿郎。

熊在用长久跟随的行为方式向人乞食。这位老兄只消把食品留给熊，一切麻烦顷刻化解。但他不了解熊的意图，只想逃跑，而且连吓带累，浑身大汗淋漓，把厚绒衣都湿透了。

身后的熊仍旧不依不饶，步步紧逼，口中还发出昂——

昂——的低吼。看样子，它有些不耐烦或不高兴了。

跑山人精神高度紧张，觉得浑身无力，几乎迈不动步。死逼无奈之下，他想出了一个不是办法的办法。

他从背包里掏出一个空塑料袋子，双手哆嗦着把塑料袋绑在路边的树枝上。

一阵微风拂过，干瘪的塑料袋里灌满空气，鼓胀如球，在风中左右摇摆。

熊走到塑料袋跟前停下脚步，一动不动地盯着这个十分古怪，挡住自己去路的东西。

塑料袋随风摇晃着，发出刺鼻的陌生气味。

这是一头生活在深山里的熊，从未见过人类社会制造和丢弃的各种垃圾。它害怕了，深深地呼吸，颈后鬃毛耸起，双耳向后贴伏，摆开戒备架势。

吐噜噜——打一个愤懑的、颇具威胁意味的响鼻。

那圆滚滚的白东西满不在乎，依然摇摇摆摆，只不过幅度稍微大了一点。

熊用力跺脚低吼，试探着向前迈步。

那东西还是老样子，依旧在那里摇摆，没有一丁点儿退却的意思。

万般无奈，熊调头离去。

春　歌

早春三月，河柳已绽出银白色茸芽，冰凌花（侧金盏花）顶着雪粒盛开，一群银喉长尾山雀嗞嗞嗞欢叫着，在高高的大树顶端盘旋飞舞，一会儿发出吱吱吱的联络音，一会儿发出嗒嗒嗒的清脆歌鸣。远远听去，仿佛在树顶拨动一串串玻璃球串成的小算盘珠。它们和蓝大胆（普通鸭）都已进入求偶季。灰腹灰雀和长尾雀已经占据巢区，在各自选定的巢址上卖力歌唱，用最美妙的歌声吸引雌鸟们飞来相亲，即使受到其他动物的惊扰也不远离。一路上到处都能听到小鸟欢快的鸣叫。冬候鸟苏雀（白腰朱顶雀）即将集群离去，红隼在天际表演杂耍般的魂飞炫舞。

昨天在江密峰的大湾，看见百余只田鹨群沿大河川地飞来，那条河川显然是它们的迁徙通道。用望远镜细看，田鹨长得很像麻雀，只是身上的花纹呈淡黄褐色，头部有三道醒目的纹线，头顶有一撮帽缨似的冠羽，和云雀的冠羽有些相似。鸣叫声羞怯尖细,吱吱作声。它们紧贴着农田飞十几米便落下来,寻些隔年的谷粒、草籽填饱肚子,边觅食边移动。田鹀在河北一带越冬,早春时途经此地,前往挪威和芬兰度过繁殖季节。那是两个我一直心向往之的国度,多山、多湖、多雪,地广人稀,拥有大片保存完整的寒温带原始林,动植物分布与黑龙江东部相近,至今萨满教古风犹存。

今天到五大瓮前沟,这里有一片整齐的红松林。第一次看见戴菊莺。由于我事先做足了功课,乍看头一眼,马上脱口而出:"戴菊,小戴菊!"

它是体形最小的鸟类,身长不到10厘米,和黄腰柳莺一样大。这种小鸟全身橄榄绿色,腹面浅灰白,头顶有柠檬黄色冠羽,头后染一小抹橙红色。由于尾巴短小,显得身体圆胖,再加上一对圆圆的大眼睛,如果照它的模样做成玩具小鸟,小孩子一定十分喜欢。喊——依,喊——依,喊——依。它的叫声轻而细,怯生生的。戴菊莺有一个极佳的绝技,能像蜂鸟那样在空中紧急悬停,这是北方其他鸟类都无法做到的。

嘟——嘟嘟嘟嘟——又听见雄性白背啄木鸟敲击响木的情歌,圆润嘹亮厚重,声音大得惊人,响彻群山,回声阵阵。

这种啄木鸟求偶弄歌时有自己偏爱的响木,跟成名的钢琴家喜爱某个品牌的钢琴一样。为了使这种敲击声响亮好听,传送距离远、达到吸引和讨好异性的最佳效果，它在自己领地的众多枯立木中反复测试、精心挑选，树种是否属硬杂木，枯树的枯朽程度和干湿度，发出的音色如何，声音的大小，枯立木是否高大显眼，所处位置是否在阳坡的高处等诸方面都有讲究。民间称啄木鸟是敲梆子的，我认为它们是小鼓手。这些卓尔不凡的小鼓手有时拥有一只鼓还不满足，往往还会多找几只"鼓"反复敲打。有专家测算过，啄木鸟在树干上凿啄虫眼的速度为每秒钟16次，它们奏响求爱的春歌，应该比啄虫的节奏更欢快、更热烈、更迫切。

今天最意外的是，竟然听到了四声杜鹃的鸣叫。

长白山有5种杜鹃：四声杜鹃、棕腹杜鹃、大杜鹃、中杜鹃和小杜鹃。

四声杜鹃叫声的汉语谐音即"布——布——布谷"。山里人似音作"光棍好苦"。农人则似音作"快快播谷"。人们比较熟悉这种鸟的叫声。

棕腹杜鹃因其雄性的胸腹部为棕橙色而得名，个体与四声杜鹃一样大，身长为31厘米。它的叫声也好记，"丽尔——丽尔——丽尔"。鸣声开始较弱，渐渐加快加强，至最高音处骤然止歇，暂停后重新开始下一轮鸣叫。只要听过一次，一般都不会忘记。

大杜鹃便是古今中外妇孺皆知的布谷鸟，也是历朝历代的诗人写进诗词次数最多的鸟，然后才是大雁。叫声即"布谷——布谷——布谷——"。它是杜鹃中体形最大的，体长32厘米。

中杜鹃又叫郭公，体形、体色均似大杜鹃，但比它身长少1厘米。腹面的横斑纹比大杜鹃粗宽且稀疏。鸣声也好记，"喟——公，喟——公，喟——公"粗壮而低沉。

小杜鹃体长26厘米，在5种杜鹃中体形最小，但它的叫声最为圆润悠扬，富于音韵。山里人把它的鸣声似音作："阴天打酒喝喝——"。没亲耳听见它叫声的读者，可以打口哨模仿其叫声，打口哨时注意在"打酒"的"酒"字上骤然提高八度，在"喝喝"两个字下滑并重复，便有些像小杜鹃的鸣叫了。不过，真正的小杜鹃歌鸣远比打口哨的声音好听，我认为它的鸣叫比黑头蜡嘴雀、黑枕黄鹂的春日情歌都好听，而且嘹亮。

注意，以上5种杜鹃均属夏候鸟。在长白山，要到5月中旬才能听见它们的歌鸣。运气好的话，在针阔混交林边缘的小路上走上小半天，这5种杜鹃的叫声全都能听到。

啰啰唆唆讲杜鹃的叫声，意在引出一个鸟儿求偶的小故事：

我和老唐跟在向导后面，在山阴积雪中跋涉。这位向导有些瞧不起城里人，上来便走得飞快，使出全力爬山，想让我们吃点苦头。三月上旬，山里积雪既深且硬，一步一陷，十分累人。

好歹劝向导停下来歇歇喘口气，忽听山梁那边传来四声杜鹃的叫声，"布谷——布谷——布布布谷"。

老唐一愣，旋即说道："奇怪，太奇怪了。四声杜鹃5月才来呀，怎么现在叫上了？"

是呀，我这才反应过来，这是咋回事？

老唐是省内著名的鸟类学家，10岁时开始养鸟，从小到大嗜好观鸟捕鸟养鸟，摸透了各种鸟的习性。现在是吉林市野生动物保护协会的副秘书长。这种自学成才的人物很可怕，底蕴深厚且自创套路，集歪才怪招于一身，出口便是经验之谈，往往把科班出身的专家杀得片甲不留，令学徒阶段的我佩服得五体投地。

此时，他大眼珠子一转，"快跑，翻山过去看看，鸟飞可不等人！"

不容分说，撒腿便跑，嘀哩当啷拎着望远镜和背包铆足劲儿往山上爬。爬到山顶，四下观望，老唐忽然摁下我的脖子，"蹲下，往那儿看！"

我擎起望远镜，循着他手指的方向望去，哇，有只漂亮的大鸟落在一株松树的横杈上，细看，原来是一只松鸦。

"布谷——布谷——布布布谷！"

四声杜鹃的叫声又响起来。音色纯正，抑扬顿挫，字正腔圆。

可是，四周哪有杜鹃呀？看仔细喽，分明是那只松鸦张嘴鸣叫，声音也是从它那边传过来的。

天哪，是松鸦在叫！它在学四声杜鹃的叫声。

"还有一只，还有一只母的。"老唐低声道。

看见了。在那只色彩绚丽，正在巧语学舌的雄性松鸦下方的小树丛顶端，还有一只松鸦停在那里。它的体色略淡，色彩也不似上面那只鲜明醒目，是只雌松鸦。

明白了，雄松鸦在向雌松鸦求爱。

在求偶季，雄松鸦为了讨得雌性的欢心，除了展示漂亮的婚羽之外，还展示它的歌喉……不，松鸦哪里有什么歌喉？它还施展自己的另一项才能，向异性显示自己的学舌本领，凭借自己的花舌子讨得异性的欢心。

毫无疑问，松鸦是一种多才多艺的鸟儿。

这有点像某些年轻男士，追求女性时千方百计展示自己的才能，有人作诗，有人歌唱，有人弹琴，有人打球，有人靠学识，有人靠武功，文学家靠写小说也能博得姑娘们的青睐。现在这些才能或禀赋全都斗不过好车好房，斗不过金钱和权势。松鸦当然不知道人类社会的变化，它仍采用亘古不变的方法追求异性。不过，它们学舌的对象正在发生变化，学汽车鸣笛、学手机彩铃，据说还有学会轿车报警声的。

老唐说，有的松鸦很会捉弄人，用各种学来的叫声跟人逗着玩儿，搞得你晕头转向，不知森林里藏着什么怪物。

　　我想，羞答答的雌松鸦听见追求者发出种种稀奇古怪的刺耳求爱声调，应该欣然接受，毕竟繁殖本能胜过一切。且雌松鸦和雄松鸦一样，一定听见过人类社会的各种噪声，以它们的适应能力早已见怪不怪了。可惜，廉价的噪声污染包围人类之后，正在抹去美妙的自然之声，连松鸦的情歌都不放过。

第二次听见松鸦学舌

上次听见松鸦学舌是两年前的早春时节，这次听见它学舌却是在冬季。

呷呷，听见母野鸭低抑的叫声。我的心咯噔一下：被发现了。

眼巴巴目送野鸭们陆续升空，我愧悔万分，一个罕见的神奇景象因为我的鲁莽被打破。

嗖嗖嗖嗖——空中响起熟悉的野鸭拨风羽哨音，5只野鸭又兜了回来，从我面前低空掠过。它们想弄清潜行而来的到底是什么动物？还能否再安全地回到这里？这已成规律：偷偷靠近的捕食者由于把野鸭惊飞，十分沮丧，不再隐蔽身形，反倒被兜回来的野鸭看个清清楚楚。

刚才，我在柳树丛中穿行，向一个山中小湖边走去，忽然从湖面传来呷呷呷呷的絮语，还伴随着轻微的溅水声。我立刻猫下腰，小心翼翼分开繁密的柳条丛，悄悄向湖边靠拢。啊，在湖对岸，一幅自然奇景展现在我的眼前：

岸边长着一株斜伸向湖面的垂柳，所有的柳枝都垂向水面，形成一片疏密有致的柳枝挂帘。4只半岁大的野鸭跟着鸭妈妈在柳梢下的浅水中觅食，把扁嘴巴伸到湖底的淤泥里，来来回回搅动搜寻小鱼小虾。

咦？在它们头顶的柳枝间，有一只花鸟在来回蹿跳。

我举起望远镜，哇，是一只极其美丽的松鸦。它仿佛猴子捞月一般，用双爪抓住柳枝末梢，几乎倒挂在水面上方，耍杂技似的使出鸟类所有攀缘本领，一边在晃晃悠悠的柔韧柳梢间闪转腾挪，一边伸长脖子，从野鸭翻搅起来的混水中捡食小鱼小虾，还不时扑扇一下翅膀维持平衡，怕身体沾上水。更奇特的是：当那几只小鸭呷呷呷提高声音表示不满，或者当鸭妈妈发出抱怨时，它竟然一面继续忙忙叨叨捡小便宜，一面呷呷呷学野鸭的叫声，极尽能事讨好安抚对方。

我简直不敢相信自己的耳朵，它发声像极了野鸭之间的私下昵语，婆婆妈妈、绵绵细细、絮絮叨叨、亲亲密密，活脱脱一个碎嘴子野鸭。

足足过去了5分钟，我才意识到脖子上挂着相机。距离稍远，于是跪地爬行，但最终还是没有躲过鸭妈妈的锐眼。

野鸭走后，松鸦飞到附近的一株小树上，抖翅挪步，侧头回望，流连不去，似在等野鸭返回，重拾嬉闹寻食乐趣。看来它们相互熟识或者交上了朋友，它已不止一次耍这类把戏。我小时候就认得这种鸟儿，也见过许多次。松鸦在长白山虽属稀少可还算常见，冬季它们喜欢来民居附近觅食。但是，碰见羽色如此绚烂的个体，还是头一次。

时值初冬，松鸦已换毕冬羽。乍一看，它全身羽毛有红、蓝、白、黑四色，头颈部的酒红在午后的阳光中泛出丝丝金黄，胸腹至肋下似秋天的玫瑰葡萄，浓艳正熟；翼上覆羽横缀亮莹莹的冰蓝，炫目的蓝彩上点染成行白斑，在光线作用下宛如冰晶闪动；双翼扇动时翼下两端白羽翻飞，尾上及尾下亦现洁白绒羽，同仿佛被松烟熏黑的尾羽成鲜明对比。

松鸦胆大机灵，擅长利用树干隐身，这种本领胜过啄木鸟。可这次它却办不到，因为那是株小树。我放弃了拍照的打算，坐在地上安安稳稳看了个够儿。

拍摄野生动物讲究"无限接近"，肯定会侵扰人家的正常生活。先前它与野鸭对话耍宝被我打断但震撼犹在；它绚烂羽色给予我的惊叹，则为我今天的辛劳行走画上一个完美的句号。

大森林往往随时随地展露她的奇迹，有时却吝啬得只偶尔给你个小惊喜，当后一种情景展现眼前，那是你艰辛跋涉所得到的一生难求的奖励。

金色虎影

　　那天向导陈龙和一连讲了三个故事，把其中的虎故事整理如下：

　　他13岁那年，跟爷爷在松花江下挂网捕鱼。至今他仍记得很清楚，那是个初秋的黄昏，下完网跟爷爷划船回家。挂网要在江里下一夜，夜里鱼游动时撞进网眼，挂住鱼鳃不得脱逃，第二天早上再来收网摘鱼。他们的小船顺流而下，他正喝喝咧咧地唱："小小竹排江中游，巍巍青山两岸走……"

　　突然，爷爷猛扑上来，一把狠狠掐住他后脖梗，同时脚下使个绊，将他绊倒在船舱里。爷爷一边惊恐地望向江边，一边用力摁住他，急迫而紧张地低声警告，"别起来呀，老虎，江边有个老虎！"

　　爷爷压在他身上的身体一直在发抖。不知为什么，淘小子陈龙和心里却一点不害怕，非要瞧一眼那威名赫赫的老虎不可。船缓缓顺水漂荡,他假装听话,趴着不动,小脑袋却拱呀拱,从爷爷的胳膊弯里拱出来,偷偷往江边张望。

啊,在江岸大片的酱褐色淤泥滩上,燃烧着一堆旺旺的篝火。不,它的形状似乎不太像篝火,再一看,哎呀!那是一头老虎,一头在橙红色火烧云映照下闪耀着灿烂光华的斑斓猛虎。它静静站在齐膝深的淤泥里,嘴边叼着一嘟噜蛇一样的黑东西。它似乎发现小船上有人偷看,双眼一直盯着这条船,盯着这个13岁的小男孩……

"你找死啊!"爷爷一把将他的头摁进船舱。

那一夜,男孩久久难眠,总有一团与夕阳相映的灿烂虎影在眼前晃动。他隐约觉得有什么不对劲儿,它为什么要下到淤泥滩里到江边喝水?为什么不绕过去……

第二天清晨,他跟爷爷驾船下江起网摘鱼,又经过那片淤泥滩。天刚破晓,远远的,爷孙俩望见那头虎黑黝黝的影子,它仍旧站在原地。

糟糕,出事了,男孩的心里一沉。

爷爷驾船在江中兜个大圈子,长时间地观察它,昨天在夕阳中燃烧的火光早已静悄悄熄灭。在淡青色熹微晨光中,它全身光彩褪尽,呈现毫无生气的暗灰,身上的黑色条纹像画上去的,黑得很不真实。站立姿势和昨天看见的一个样,没有一点活动过的迹象。

它死了。昨天黄昏里看到的绚烂光彩，只是它生命最后时刻与夕阳相映的回光返照。

老人把船靠近去，原来他们认为它嘴里叼着的东西，是死死勒进它脖颈根部的钢丝套索。不知它经过怎样的痛苦挣扎，才挣断了套索的拉绳，但它的喉咙也因此被勒断。断索的一端从腮后垂下，从伤口淌出的淤血凝结成紫黑色的血块，一嘟噜一嘟噜粘在钢索上……

从那天起，那个和天边夕阳同样灿烂的虎影，永远烙印在13岁少年的心底。

那可能是生活在松花江边的最后一只东北虎。

东北虎永远不会再现昔日的雄风与辉煌。当我们面对一片原始森林时，不能问有没有老虎、青羊、棕熊、金钱豹、狼、原麝、大鸨、金雕、黑鹳、鲟鳇鱼等最后一代独领风骚的美丽动物，我们只能问有没有野猪？如果连最具生存适应能力的野猪也没有了，那片荒野注定已经死亡……

狂野柳莺

今天散步至蛇谷口处的湖畔下方,我的林中写字台。

看见成群的燕雀,它们路过长白山,飞往西伯利亚度夏繁殖。此鸟土名虎皮,缘自它身上橙黄花纹与黑条纹相间。

此地海拔800米。白头翁、深山毛茛、黄花堇菜、小银莲花、驴蹄草均已开花。生长在湿地四周路旁与河边的驴蹄草花最为惹眼,一片片、一行行闪耀着明亮艳丽的鲜黄。

昨天下午上车,一夜卧铺来长白山。早饭后歇一会儿便兴冲冲上山。乍上山,和每次一样,最大的感受就是,这里有世界上最新鲜、最纯净的空气。从里到外,从上到下,五脏六腑乃至全身的每一根血管,都被这早春生气勃勃的空气清洗一遍。把从城市带来的浊气和杂质打扫一空,来了个彻彻底底大换气。在这次身体输入新空气的过程中,大脑的反应最强烈,竟然有些发晕。不是海拔高的事儿,连续5年来长白山,中山地带的海拔早已适应，看来是空气实在太新鲜了。3个多月泡在城市污浊空气中，整个人冷不丁被淹没在如此洁净清爽的空气里，仿佛经历了一次脑内清障爆炸，脑袋里太多被杂质阻滞的毛细血管，被大量涌来的新鲜氧气打通，哗哗哗畅通无阻，一下子把我冲晕了。

树上的长尾粉红雀格外惹眼，颏下多了些鲜红的顺水花纹，比冬日红得更加艳丽。树丛中不时闪动着银喉长尾山雀汤匙状的活泼身影，它们已开始到处捉虫，饲育早早破壳而出的小雏鸟。一只黄胸鹀落在我身边的树上，展示它美丽的婚羽。雄金翅雀双翅大起大落快速扇动，在穿透林冠的阳光下，宛如两扇半透明的金色光轮。它几乎悬停在空中，前后左右不断变换位置，向蹲坐在树杈上的雌鸟狂秀求爱舞蹈。灰山椒鸟成对成双地在空中兜着圈子相互追逐，发出一串串风铃般的歌唱：律律律律律——我的林中写字台四周，浮动着一阵阵小鸟求偶的热烈鸣叫，那是众多小柳莺的大合唱，一个赛一个引吭高歌。

忽然，在一片和谐的柳莺歌鸣中，响起尖厉的吵架一样的刺耳鸣声。两只柳莺一前一后快速追逐，它们拿出闪转腾挪的本事，忽儿这儿，忽儿那儿，在稠密的树丛间疾闪穿掠，灵巧飞动的纤小鸟影令人眼花缭乱。

在这个百鸟齐鸣的求偶月，它俩演出的应该是一场"男追女"的初欢闪婚，而不是蜜月缠绵。我呆在原地，目不转睛盯死这场疯狂的追逐。

长白山有8种柳莺：褐柳莺、巨嘴柳莺、黄眉柳莺、黄腰柳莺、极北柳莺、暗绿柳莺、灰脚柳莺和冕柳莺。各种柳莺的土名大都叫柳叶儿、树叶儿、柳串儿、槐串儿；只有褐柳莺叫嘎巴嘴，巨嘴柳莺叫大眉草串儿。还有一种棕眉柳莺分布于东北西南地区。

我对柳莺这种长白山最小的鸟类，一直心存深深的敬意：柳莺是夏候鸟，分布于欧亚大陆的广大地区，向东最远可达西伯利亚的达乌尔地区和远东的堪察加半岛。然而，它们的迁徙却异常遥远，翻看美国国家地理杂志绘制的《全球鸟类迁徙》图，众多在西伯利亚、大兴安岭、小兴安岭、长白山等地繁殖的柳莺们，要飞过整个欧亚大陆，飞越阿尔泰山脉或喜马拉雅山脉，亚非或欧非大沙漠，到非洲大陆越冬，全程近两万公里。而且，在漫长的迁徙中，它们能不吃不喝不休不眠一口气连续飞行3600公里。

那是何等漫长与壮丽、艰辛与勇敢的飞行！

我对柳莺怀有敬意的另一个原因，缘于它们对森林生态贡献巨大。以黄腰柳莺为例：这种小鸟小得令人吃惊，身长不到10厘米，体重仅5克。像一片小绿叶，可它们在长白山数量大分布广，属针叶林和针阔混交林的优势物种。它们只吃昆虫，吃的基本是严重危害林木的鞘翅目和鳞翅目昆虫，所有柳莺都是森林小卫士。

眼下，这两只在高速飞行中疾转、上升、低掠、绕圈，施展出全部空中绝技的小鸟，正是黄腰柳莺。我必须承认，我的双眼盯得再怎么紧，也有跟不上的时候。小巧的柳莺已蹿入一丛密匝匝的绽放新叶的小花溲疏丛中，踪影皆无。我正在四下搜寻，它俩不知从什么地方飞蹿出来，前面疾飞的女柳莺以快得令人目眩的高速嗖的一声从我的两裆之间掠过。还没等我回神来，后面急追的男柳莺也紧接着嗖——穿了过去。

我一怔，随即咧嘴大笑，却不敢笑出声，生怕惊扰了那对沉迷于爱情追逐的小鸟。

看样子，柳莺世界中的女跑男追，不似人类那种半真半假、你跑我追的调情嬉耍，它们动真格的。女柳莺对男方占领的巢区、展示的歌喉和焕然一新的婚羽很满意，极可能还要通过这种体力、耐力、速度和灵活性等硬指标，考验他是否能当个合格的丈夫。

只见女柳莺绕着一株树又一次急转，然后在半空兜个小圈子，从右侧向我冲来，速度快得像颗弹弓射出的弹丸。男柳莺急欲得手，衔尾猛追。只听耳边噗噗两声轻响，女柳莺从我脖梗后打个转儿倏忽而过。瞬间感到它双翅扑打出一小股强劲气流，猛地袭上脸颊。眨眼间又噗噗两声轻响，男柳莺紧随其后追了上去。两个小小的鸟影拐来拐去，扎进密林丛中没了踪影。

嗨，人家把我当成傻柱子了。片刻等待不见小小鸟影，估计男柳莺已通过考试，美梦成真。我打心眼儿里为这对正处在生命巅峰期的小夫妻高兴。

在圆木写字台旁坐下，我取出望远镜，对准另一只在枝头高唱的雄性柳莺。

它全身的橄榄绿在阳光下变成了绿金色，头部中央那条黄色纵纹在仰脖高歌时闪出一抹亮光。眉纹的颜色鲜明醒目，与翼上的两道横斑相映成趣，如同用黄色彩笔细细勾勒。腰部宽带由纯正的玉米黄转成泛出微光的柠檬黄，这块黄斑，便是黄腰柳莺名称的由来。

这小家伙仰脖昂首，小胸脯挺得老高，全神贯注地高唱：啼薇啼薇啼薇——声音清脆尖锐，犹如一串蝉鸣，富于穿透力。

我拿出笔记本想写点什么，忽然间，一段旧事浮上脑际：上初一时的我是个精力过剩的惹祸少年。当时随父亲下放农村，也是在这个季节，我正在村道上闲逛，忽然听见路边的矮树篱里传出细声细气的鸟鸣。搜寻半天，才看见那个小不点，柳叶般纤细小巧的绿柳莺。我感到一阵激动，立即被强烈的猎杀情绪控制，捡起一块大石头，全力向树篱掷去。嚓的一声，石头穿透厚厚的树篱，落在地上。石头前面，仰躺着一具小小的鸟儿尸体。

还真蒙上了！我欢叫着跳过树篱，把那个热乎乎的小尸体攥在手中，细细端详这只小猎物。

我打小就不是那种擅用巧劲的人，只知道使蛮力。所以无论用弹弓打鸟，还是用夹子捕鸟，从未有过猎获。倒是有几个小伙伴，无论扎滚笼还是用马尾套捉鸟，常常会逮到许多。那年头鸟多，苏雀和三道眉一群一群的，麻雀更是到处都有。这只小柳莺，是我长这么大第一次，也是最后一次打中的鸟。所以，当时对那只小鸟的印象十分深刻。现在回忆起来，它是一只黄腰柳莺。

奇怪的是，当时那只小柳莺竟然没死！

它那仰躺着的热乎乎的小小身体，一直在我手中轻轻地不停地悸颤……

石头袭来时，它已机警地振翅起飞，但由于逃跑方向与石头的抛物线重叠，顺着那股打击力被推送出去，外表看不出一点伤口，内脏已遭到重创，只是没有马上死去。

多年在春季的林区转悠，我早已得出一个真实的感受：在春天森林鸟类的大合唱中，由于黄腰柳莺数量最多，而且几乎从早到晚都在鸣叫，因此它们的歌鸣形成了整个大合唱最基础的底音，这也是春季森林奏响的基本音色，然后才是其他众多鸟类发出的各具特色的歌唱。

此刻，我坐在林中写字台旁边，沉浸在纯净和煦的微风中，沉浸在众多柳莺充满生机的齐鸣中。我伸出右手，虽然光阴流逝近40年，但掌心似乎仍旧有一个热乎乎的小生命，轻轻地、不停地发出濒死前的悸颤……

林中池塘

　　蓝豆娘的体色属世上最纯粹的天蓝，比蓝翠鸟莹彻的蓝色还蓝，晶明冰洁，隐隐缭绕一团蓝微微的雾气。它们捉对在水面环舞，挑选一根水润润的泽泻的草茎落下，雌的牵着雄的沿斜茎缓缓入水，没入水中的纤细身体立刻裹上一领如同珍珠串成的贴身长袍，浑身细密的小水泡闪烁淡淡光亮。下至一定深度后，在水下静静产卵。它们的数量很多，不提在水面上飞的，有时一根独木桥般的三棱草狭叶上，竟栖着6对蓝莹莹的纤细舞者。池塘的另一个主角是翠绿油亮长有乌黑花纹的东方铃蟾，它的名称肯定由叫声而来，音色似轻薄软玉雕琢的小风铃，在和风中怯怯而歌，咯儿——咯儿——咯儿——带出一种悠悠回声。

　　四周的空气花香阵阵，狭叶荨麻的穗状小花，还阳参耀眼的黄花，樗槐树冠上一柱柱雪青色花序正在开放。还有橘红色的金莲花、蓝紫色的山鸢尾和白色的潮风草花，纷纷从草丛中探出头来招蜂引蝶。由于天热，水边聚集众多取水的蜜蜂，有一只不小心掉入水中，被水下悄悄潜游的水虿钳了去，带到池底吮吸它腹中蜜汁。圆肥的大蝌蚪在嫩绿的萍叶下乘凉，有个长着四足的苗条暗影，曲曲弯弯游动着，牵去我的目光。仔细打量，天哪，竟是一只小鲵！长白山有极珍稀的东方小鲵、极北小鲵、爪鲵三种，孤陋寡闻的我虽辨不清它属哪一类，但曾反复观看过它们的图片，小鲵还是认识的。

每个人的内心深处或多或少都有个"池塘情结"。我属无法自拔一类，不然不会在池塘边坐这么久，连早晨被露水湿透的裤子和鞋都被太阳晒干了。

噗噗噗，耳边传来蝴蝶的扑翼声，一只绿带翠凤蝶轻轻飞过。哩哩哩，一只黄绿色的小蚂蚱在振翅短鸣，它趴在我的裤角上，估计把穿迷彩服的我当成了树桩。一只胆大的黄喉鹀扑棱一声，从茂密的东北溲疏树丛钻出来，直奔岸边，一小口一小口喝起水来。一小时后，从不远处的密林里，传出吱呦——吱呦——尖细宛转的鸣叫，如鸟啭似儿啼，原来狍子想来饮水，躲在树林里小心翼翼地观察动静……

这是一口野猪为泥浴挖掘的林中小池塘。

四万年至两万年前，亚洲东部的野猪种群同猛犸、披毛犀、洞熊、野牛、大角鹿以及早期的东北土著一道，跨过白令陆桥进入北美，成为美洲的原住民。又沿巴拿马陆桥经漫长迁移抵达南美雨林，演化成南美野猪——西猯。在那里，把小水洼改造成小池塘的圆胖可爱的西猯们，竟然同珍稀的泡液蛙形成了共生关系。这种翠绿小蛙产卵时，要爬到池塘上空悬垂的树叶上，把卵产在自身分泌的泡液团中。不久，泡液团从树叶上坠落，掉进西猯池塘里，蛙卵在水里发育成熟，游出小蝌蚪。西猯为泡液蛙准备了一个天然孵卵温床。温带森林的野猪也会造泥浴池塘，它们为在森林生活的两栖类动物如东方铃蟾、中华大蟾蜍、花背蟾蜍、无斑雨蛙、金线蛙、中国林蛙、黑龙江林蛙、北方狭口蛙及一批水生昆虫挖掘出卵床和生活居所。同时，小池塘也是森林鸟类和哺乳动物的饮水池和狩猎场。在一些有永久性进出水口的池塘里，珍稀的小鲵也可能光顾此地。

小鸟斗大鸮

当一只山雀在头顶上方鸣啭时,仿佛世上的一切都消失了。

它是只白脸山雀(大山雀),从不远处飞来,直接落在我和妹妹藏身处旁边,我们本来是偷看白腹蓝鹟唱歌的。透过枝丫缝看去,它雪白的脸颊在朝阳下亮银般闪光,把炭黑色头冠和领带也涂上了一层稀薄的银粉。长尾巴活泼泼摆来摆去,发出极细微的噗噜噜噗噜噜的风声,差一点拂到我的发梢。甫一落定,便开口唱出一串比小山溪还无拘无束的野歌。先从高八度的嗞噼——嗞噼——数声试音,再转入急锐多变的嗞嗞啾——嗞嗞啾,嗞嗞啵噜嗞啾——的花腔。随心所欲反复数次,骤然爆出一片肆无忌惮的大笑,嘻嘻嘻嘻哈哈哈哈……几天前,我曾因误入其领地遭到过这只白脸山雀的斥骂,在我前后左右蹿来跳去,叽驾啾!叽驾啾!连连抗议。我知道,这是一只年轻健康、风头正盛的雄性山雀的晨歌。

早上9点属一天最富朝气的时段，这支山雀的晨曲使人觉得头顶的蓝天更加明澈碧蓝，空气更加清新舒爽，连萦绕在树林间的淡淡薄雾，都在这歌鸣中慢慢散去。原本朦胧的草木渐渐清晰可辨，显出一副沉静的聆听姿态。有的鸟歌羞怯文静，如戴菊莺；有的鸟歌深沉并若有所思，如黑枕黄鹂；有的鸟歌火辣热情，如大苇莺；有的鸟歌轻灵娇俏，如北红尾鸲；有的鸟歌高昂洪亮，如短翅树莺……唯独这只白脸颊的大胆精灵的一曲放歌最为狂野，洋溢着欢天喜地之情，活脱脱一个初饮烈酒放开嗓门大叫大嚷的小顽童。

这是我最熟悉感情最深厚的山雀。11岁时，妈妈买回一只养在家里。整整一年，任由它在房间里飞来飞去，随处排便、寻食、休息和睡觉。当年，我捉过多少虫子喂给它呀，从小蚂蚱、小青虫到可怕多毛的大杨树毛虫和大黑蜘蛛，这个小勇士照单全收，连夹人很疼的巨型甲虫和力气很大的蝼蛄也统统拿下。记得有一次妹妹揪住它的尾巴，轻轻一下子给揪成个秃尾巴。后来还是妹妹，马虎大意没关严门，让它从门缝溜了出去，从此再也没有回来。我伤心得很，发动小伙伴们找了两三天，还是踪影全无……现在我知道了，那是个春天，强烈的求偶本能促使它逃进山林，追寻爱情去了。

自那以后，每当瞥见白脸山雀那忽高忽低的波浪状飞行的小巧身影，或是听到它那种富有特色的鸣叫，我都得到一份邂逅老友的欣喜。

在林中漫步，只要你驻足聆听或观望片刻，由于你的到来而招致惊扰的林中安宁便会恢复正常。小鸣禽性急，往往是第一拨抛开不安情绪，重又忙碌起来的群体。倘若再耐心等待10分钟，更谨慎一些的小型啮齿动物也会一一现身，各干各的事情。而现在，眼前这个大胆的小东西摆明了是一群同伴的探子，因为山谷里住着一头大猫头鹰（长尾林鸮）。昨天在夕阳中，我瞥见它展开大蒲扇般花栗色宽翅，在玫瑰色的晚霞中扑扇两下，转眼消失在榛树丛中。小鸟们最讨厌的天敌除了人类之外，首推猛禽，其次有蛇、鼬科动物和乌鸦。这些小机灵鬼早就知道这一带是那头黑夜霸主的巢区。

这只长尾林鸮领地很大，大约10平方公里。沿寒葱沟进原始林，平均走5趟可看见两次，我已多次与它碰面。妹妹这次来小住4天，不知有没有看见它的福气。忽然间，左前方传来一小群鸟雀的喧噪，其中还夹杂着一声声粗犷暗沉的哼吼：呜——呜——呜！

出事了！我告诉妹妹。

话音未落，扑簌一声轻响，白脸山雀的飞离和来临同样突然。小小身影在空中飞快陡升陡降，划出一条急遽起伏的大波浪线，一头扎向谷底。嗖嗖嗖，与此同时，上下左右的树丛中箭打似蹿出十几条鸟影。里面有桦木炭儿（黑头䴓）、蓝大胆（普通䴓）、唧唧鬼子（沼泽山雀）、黄豆瓣儿（黄喉鹀）、洋红儿（银喉长尾山雀）、爬树鸟（旋木雀）、树串儿（黄眉柳莺）、嘎巴嘴（褐柳莺）、煤山雀、戴菊等雀鸟。还有，在远处的树顶、高高的空中、山岗上、河床边，一只只小鸟救火似的从四面八方冲向出事的地方。

呜——呜——呜！透过众多鸟雀叽叽喳喳鼓噪，那奇怪的粗重嗓音又一次传来。

那是一种呜与汪的混声，明显是恫吓声。到底是什么东西？我自言自语。

"有点像狗叫。"妹妹发表意见。

这时候，由于众多鸟雀的加入，山谷里像炸了营，上百条尖细稚嫩的嗓子大吵大闹，仿佛一整连童子军亮开嗓门的冲锋呐喊，这沸滚的叽喳声令人联想到人类社会的抗议集会，愤怒的群众把腐败官员团团包围，发出震耳欲聋的尖叫、嘲骂甚至丢去唾沫和鸡蛋。

"是长尾林鸮。"我断定。这是自然界里不多见的联合驱赶行动。猫头鹰属典型的夜行猛禽，它在黑暗中拥有火眼神耳，是突袭夜宿小鸟和小鼠的高手。然而，它在大白天却处于半失明状态，在前来复仇的小鸟们面前毫无招架之力。只有从喉咙深处发出气愤的吼声,来震唬众雀鸟。

仿佛证实我的推断,那只长尾林鸮陡然从矮树丛中腾身而起,扇动着宽宽的翅翼向我们这边飞来。

"呀,一只小猫头鹰!"妹妹激动地叫道。

"什么小猫头鹰,它才不小哩!"这家伙身长半米,翼展约0.8米,圆滚滚的像颗大炸弹。

十几只快速灵巧的小鸟影围绕着它,采取打了就跑的战术。在它的周围不断袭扰,闪电般冲上去蹬一脚或叨一嘴便转身疾走。在它身后,还有两只呀呀低叫的松鸦怒冲冲衔尾猛追。各种鸦类都是猛禽的死对头,它们是中型鸟类里的大力士,胆大机灵、团结对敌,且转弯快速灵活,空中缠斗的功夫了得,常常三五成群围攻凶猛的大鵟和苍鹰,打得它们落荒而逃。长尾林鸮自然惹不起这俩狠角色,只得匆匆逃命。

它从我们头顶飞过,钻入一片高大繁密的针叶林中。那是它的老根据地,今年第一次看见它,便在这片针叶林的边缘。当时它蹲坐在一棵老云杉低矮的横杈上,像一尊年深日久的老雕像。惊喜万分的我立即趴在地上,由于怕200万像素的镜头拍不清楚,我像个大树懒慢吞吞爬行,打算每爬半米拍一张。可是再怎么小心也没用,它能听见快门的声音,第一响就让它听见了。结果只留下一张它像个腼腆的小姑娘那样半撩起低垂的眼皮,羞答答看人的照片。

松鸦没有跟进密林，大概怕对方有帮手。深春时节，鸟类都成双入对养育后代，况且那里是对方的洞巢家域。鸦类为捍卫巢中子女，对人也敢于凶猛攻击，而且猛攻头脸和眼睛。松鸦何等聪明（在这方面强于人类），早已把对方的一切了解得十分透彻。

我真傻，一心想看热闹，磕磕绊绊追过去，还踩进一个土坑摔了一跤。结果只看见松鸦双双落在树尖上，余怒未消地哑哑低叫，抖翅甩尾示威。而我很久以后才明白当时松鸦的顾虑，人家是森林居民，跟大鸮当邻居，当然知己知彼。

妹妹今天很幸运，不但看见了一幕少见的小鸟斗大鸮的场面，还在后面的行走中，听见了5种杜鹃的叫声。我在长白山两年，这两种幸运在同一天降临，还是头一次。

9年前，我跟一个画家朋友去江密峰的碾子沟采风，曾远远地听见众鸟斗大鸮的喧闹声。那头鸮个大，翅翼宽圆，我见过它匆匆飞过的身影，估计是长尾林鸮。

当时向导马小说，他去年从那只猫老头的窝里，掏出过4个像小鸡蛋似的白色鸟蛋……

马小曾因盗窃被判刑，掏猫头鹰的蛋我并不惊讶。他带我们找到那个大鸮去年的旧巢址，这是个粗树墩，靠近根部有一个半圆形深深凹进去的树洞。这是我第一次看见鸮的巢穴，巧妙地利用了天然树洞而且既隐蔽又舒适。这时，我想到一个古老的传说：古人认为猫头鹰懂咒语，有魔力。谁要是得罪它，他的家将变成凶宅，家人将得重病死去。

画家大卜马上在旁边证实见过这种记载。从马小的表情上看得出，他相信了。

至今仍信奉远古萨满教的日本土著阿伊努人非常尊重猫头鹰。他们的先祖给本地最大的岛鸮起了一个高贵的名称：树的守护神。我国东北及俄罗斯远东地区的古代少数民族部落也把鸮鸟尊奉为树神，并专设隆重的星祭大典。夜空中由无数星星组成的形似猫头鹰的巨大星座，是大萨满的主祭星神。

妹妹走后，在寒葱沟安家的这只长尾林鸮我又遇见3次，7月还见它白天飞过公路进保护区，身后有只斑鸫正紧紧追赶。自那以后，我整个秋天都泡在寒葱沟观察一窝松鼠，天天穿过它的领地，却再也没有见到这个老朋友。

很久以来人们谣传，猫头鹰可治疗癌症，价格已从当年的40元涨到800元，这纯属毫无科学道理的愚昧说法！

今天黄昏，天刚擦黑，我从保护区出来，路过那棵与长尾林鸮初次见面的大云杉树。我停下脚步，气运丹田，一个字一个字很大声地把那个古老的诅咒吟诵了一遍……

太平鸟

　　去年4月下旬去长白山，8个月后返回。新年第二天，第一次来熟悉的公园散步。新雪后，满园洁净新鲜的白雪，空气中飞舞着无数微小的冰晶。沿两公里半的路线行走，一路走，一路留神倾听，今年是我们结识的第12个年头，你们还会如约而至吗？

　　事先毫无征兆，蓦地，迎头传来一长串极为熟悉的轻细嘤鸣——

　　乍见那些沉静的鸟影，且惊且喜的我念叨一句：哦，太平鸟，太太平平……

　　太平鸟的鸣叫不见张嘴，鸟声似童子小解，律律律律律——直直尿进一尊薄胎玉磬当中，细弱轻柔，绵久不断。踏雪而行良久，耳畔满是咯吱咯吱的雪声，骤闻此声，被严寒冻麻的面颊上，仿佛吹来一缕融融春风，胸中荡起欣喜的浪花。

　　晚秋的羽扇豆在风中摇铃时，也发出这种声响。圆圆的小豆粒在荚窝里滴溜溜跳转，叩响薄薄的脆硬荚壳，轻轻的豆声与微风拂过的哨音相和，脆生生中滑入一缕笛声，嘤嘤而鸣。干旱季节，林中小溪常常钻进砾石河床底下躲起来。

坐在干涸小溪旁边的石头上，隐隐约约，一线流音从地下传来，格铃格铃格铃——连贯动听，幽邃清静，在黑暗的石罅间蜿蜿蜒蜒流淌。

太平鸟又叫十二黄，由于气候和栖息地变化不定，每年冬天迁来的群落数量有大有小。这群鸟个个像木雕似的一动不动，容忍我一直近至树下，数数，共140余只，是12年来最大的一群。它们夏天去东西伯利亚和乌苏里边区的寒带荒野繁殖，冬季来东北的丘陵地区和平原越冬，近些年普遍向居民区附近移动。鸟的尾羽大多12根，它的尾羽和初级飞羽末端有鲜黄色羽斑，故而得名。

日本有童谣："小鸟小鸟，红色的小鸟。你为什么这样红？只因为贪吃红红的浆果。"此鸟还有一种小太平鸟（十二红），因尾端和初级飞羽末端呈红色而得名。两种太平鸟的头部均呈紫红色，体色现葡萄灰，在明亮的雪野映衬下全身绯红，十分艳丽。而且它黑色的贯眼纹与褐色羽冠特点鲜明，极易识别。它们在严冬结群游荡于低山带的多座山林之间，专门吃冬天悬挂在枝头的半干冻凝的浆果，金银花忍冬、鸡树条荚蒾、稠李子、蓝靛果忍冬、山荆子、笃斯越橘、刺玫果、接骨木果实等。这些浆果经整个秋季的干燥，充盈的浆汁已变得黏稠并浓缩成凝胶，紧紧把果核包裹住，远不如刚成熟时那么容易消化吸收。而鸟儿的胃又无法磨碎坚硬的果核，只好匆匆消化些果皮和果胶，然后排泄出来。这种冬季干浆果必须多吃才能充饥，故排泄出带有金银花忍冬果实颜色的粪便，把洁白的雪地都染红了。我凑近去用小棍拨拉拨拉细看，数不清的小果核均匀地散落在雪地上，太平鸟无意中播撒了多少植物的种子呵！

达尔文撰写《物种起源》的那些年，曾经专门从鸟粪中收集各种植物种子搞播种培育试验，最早得出了鸟类可传播植物种子的科学结论。

初冬时我品尝过冬青（槲寄生）的黄色浆果，还有赖一只花栗鼠的帮忙，它在高高的树顶用小尖牙嗑断了一根冬青结满果实的枝条，被我捡了起来。尝过两粒之后，又把它放回原处，留给大费周章的小花栗鼠，它在为自己储藏过冬的存粮。

那根冬青枝条泛出绿金色的光泽，在万木凋零的深秋里显得尤为美丽。果实黏黏的、有甜味，味道很像带一点中药味的果冻。寒冬里冬青在大树顶上依旧泛出黄中带绿的颜色，在太阳下灿烂生光，蓬勃夺目。难怪弗雷泽的民俗巨著以《金枝》命名。他定下书名后，肯定非常得意。《诗经》有云"茑与女萝，施于松柏"。茑指桑寄生、槲寄生；女萝指松萝；施作寄生解。冬青属寄生植物，果肉似黏胶，鸟类食之粘住鸟嘴，它便在树枝上来回擦蹭，把种子留在树上；排泄时也有黏黏的粪便挂在树上，使粪便里的种子得以安身。食用冬青果实的鸟类有太平鸟、蜡嘴雀、北岭雀、绿啄木鸟及鸫科的鸟类。

第一次看见太平鸟，也是在冬天。那天下班步行穿过南湖公园，迎头传来它们律律律律——的轻轻鸣声。抬头看，这些又大又胖的鸟儿落在高大的乌苏里鼠李树上，正在吃那些黑黑的小浆果。当时即被它们那沉静的姿态和美丽的色彩所吸引。以后每年冬季，我都跑遍市内各个公园、校园寻找它们的身影。12年来它们从未爽约，每年都用熟悉的轻而细的嘤鸣、沉静从容的姿态与我相会。

只是，只是今年有些不同……

我刚刚结束历时3年的长篇小说《野猪王》的创作，人民文学出版社已传来选题通过的消息，不久又被列为重点选题。此时我的精神和身体状态处在疲惫而倦怠的恢复期……前年春天，我带着长篇的12万字初稿，租辆货车拉着一堆书和过日子的家什，去长白山脚下的小镇租住民房，开始了全新的半个林中人半个作家的体验和创作生涯：每天进入原始森林，认花识鸟记树辨蘑菇；寻访猎手、挖参人、采药人、伐木者，听他们讲述放山打猎和野生动物故事；体验观察自然四季美景和动植物生活，了解森林生态系统奇妙而复杂的关系……远离大城市供应齐全的舒适生活，远离省城的文化圈子，远离若干知心的男女朋友，远离刚从深圳考入吉林大学，每周可以见上一面的女儿，远离居住了20年那个叫做"家"的简陋而亲切的房子，独自一人来到一个陌生的小镇，遇到的生活上的困难可想而知。

在原始森林中吃苦受累，爬冰河腰部被扭伤导致骨头坏死；耳闻目睹成片的原始林被砍、野生动物被猎杀的气愤和心痛；还有在春寒和严冬里的漫漫长夜写作，终于冻出一场大病，甚至在山上还发生过两次危险……总之，所有这些我都挨过来了，终于熬出头了，前方是一片明媚阳光！

50岁那年，曾经天不怕地不怕的我开始迷信和认命；如今55岁已过，独居20年的我有时会自言自语。

噗嗒———一摊橙红色的鸟粪落在肩头，打断了我的思索。粪便里全是半消化的忍冬浆果果肉和果核。它们把我当成了树木，这事以前也曾发生过。

且惊且喜的我，仰起头长久地望着那些沉静从容、相识12年的老朋友，由衷地说一声：

太平鸟，太平鸟，太太平平呵……

熊吃人事件

  2005年9月上旬，吉林省舒兰市，一个养熊户的熊圈内，发生一起熊吃人的血案。当时省电视台生活频道播出了这则新闻，同时有惨案发生后的现场画面。

  屏幕里刚刚出现摇摆不定的模糊画面，一片暴怒的熊吼扑面而来，我当即感到极大的震动。光线灰暗的镜头中，出现一群凶神恶煞的黑熊，它们一律目露凶光，低头耸肩，颈鬃直竖，龇出白色犬齿，恶狠狠发出震耳欲聋的低吼，处于典型的攻击状态，场面非常可怕。假如它们没被关在铁笼内，肯定会狂暴地撕咬在场的人。其中有一头熊特别引人注意，它显然参与杀死并吃过死者躯体，精神仍处于极度疯狂的噬杀状态，嘴脸溅满淋淋滴滴的鲜血，嘴里死死咬住一团从死者身上扯下来的白色血衣，不断急剧甩动，像鳄鱼撕扯猎物那样，猛烈撕扯那件破烂衣衫……

  那些令人震怖的血腥画面深深地刺激了我，以至在血案已过去

4年半的今天乃至此时此刻，只要想起，耳畔马上响彻那群熊可怕的怒吼，同时眼前立刻冒出那头疯狂撕扯血衣的歇斯底里的熊！

我为了创作一部熊题材的长篇小说，做过长达5年的读书与采访准备，访问过许多和熊打过交道的人，其中见过5个遭到熊攻击后活下来的"熊剩"，还有上山搜寻被熊咬死的人并为其收尸的亲历者，倾听他们讲述那些血淋淋的现场回忆。然而，无论我如何发挥想象力，那些亲历者的讲述所带来的震撼，都抵不上那天电视屏幕画面带给我视觉和听觉的双重震撼和冲击。

一年之后我才知道，当时参与杀人吃肉的6头熊，全部是怀孕或即将生产的母熊。

有专家测算过，黑熊的臂力比5个男人的臂力还大，双腭的咬力每平方厘米达816公斤，昔日的欧洲土著干脆给棕熊起了个名字叫"12个男人"。

在过去的100年里，北美洲被熊杀死的人为37个。我们的数字无法统计，但经多年采风，一些富于经验的老猎人帮我得出一个大致比例：用刀斧等冷兵器猎熊，熊与人的死亡比例为5∶1；用打铅砂的火枪猎熊，二者的比例为50∶1；用制式步枪猎熊，二者的比例为100∶1。

我国在过去100年，由于猎熊导致被熊杀死的人数，远比北美洲多得多。单单我访问到的熊杀人或因为猎熊发生意外事故而死的人，以及猎熊后起贪心想独吞猎物，致使猎人之间发生火并，造成死亡的人就有20个以上。松江河附近曾有人抱走了母熊的幼仔，那母熊连续3年，时不时回到那人住的村子，守在村外的重要路口，不论从村里出来什么动物，从鸡鸭鹅狗到马牛羊人，一律杀死。共杀死3人，家畜不算。还有一头母熊由于幼仔被猎人打死，强烈的报复心令它在山上到处游荡，见人就杀，15天内连杀3人，直至被击毙。我认识的一位65岁的王师傅，当时被失踪者家属请去上山，帮忙寻找失踪多日的老邱头。当看见两只乌鸦在一个树丛上空盘旋不去，老邱头的儿子带着哭音道，"完了，我爸在那儿呢。完了……"

果然，王师傅一行人在那里找到了老邱头的尸体。他的脖颈被咬断，一击致命。

熊杀人之后一般不吃尸体，毕竟人身上各种现代工业产品的异味和人本身的气味跟野生世界的气味太不一样。熊的嗅觉强过狗六七倍，肯定觉得人味怪异且奇臭无比。

这次血案却是熊杀人之后将尸体吃去大半，这是我闻所未闻的。

2006年初，我参加了省林业厅组织的"野猪分布数量专项调查"的专家组，3月10日抵达舒兰县林业局，交谈中得知，该林业局作为主管部门，参与了处理"熊吃人事件"的全过程。我不由心中暗喜，这回不用找受害人家属访问了，那是我最头疼的事，招惹人家再度悲伤或干脆遭人拒绝，是非常可能的。我马上以闲聊的方式，向林业局逐步深入了解事件的起因与真相。

令我万万没有想到的是：这次熊吃人血案的起因，竟然和我有关！或者说，事件发生的大背景，至少部分原因是由我引起的！！

如果读者读到此处，对这个事件的始末有兴趣，且听我细细道来：

2004年12月，央视10频道《历程》的导演陈幼蕾同主持人张腾岳到鲁迅文学院，找到正在进修的我，商谈策划制作访谈节目"人熊对决——千年血腥背后的故事"。该节目上下两集，时长90分钟，于2005年1月下旬播出并有重播。

由于我多年的采访积累和读书思考，再加上导演精心剪裁制作，节目相当成功。我在节目中声泪俱下，一口气讲了6个真实惨烈的熊猎故事，以及自己在活熊取胆现场目睹众熊悲惨境遇的亲身感受，节目反响很大。当时我走在北京街头常常被人认出来，其中包括两批外国人。

2005年4月，央视4频道播出国新办"暂不取缔活熊取胆"的新闻发布会，发言人是国家林业局局长助理王伟。此人声称我国发明了无痛取胆技术，且由于制药业的需要，决定暂不取缔活熊取胆。而且他在答记者问时声色俱厉地喝道："欧洲某些国家传言中国要取消活熊取胆,并且在下议院打开香槟庆贺。请问,这种传言何来?!"此话一出,我立刻意识到,国外传媒或相关人士看到央视播出的关于熊的访谈节目,误以为央视是替政府做出某种表态,认为这是宣布取消活熊取胆之前的一个信号。在发布会上,王伟还宣布国家林业局及两家相关机构联合发出的禁令:今后凡是没有林业局、医药卫生局及工商局几家颁发的许可证或经营执照,集体和个体进行活熊取胆的养殖经营一律取消,只有国营单位可以进行活熊取胆的养殖经营。

2005年8月29日,吉林市的媒体记者来到舒兰市郊区一家活熊取胆的养殖户进行暗访,发现他家养熊规模很大,其中取胆黑熊50余头,棕熊6头。熊场周围弥漫着恶臭,部分熊被戴上刑具一样的铁肚兜,被关在几乎转不过身的笼子里,状况极为凄惨。记者亲眼目睹了熊被以残忍手段抽取胆汁的全过程,同时记者还看到院子里堆放很多用于活熊取胆的铁肚兜。

9月初,媒体以《野蛮熊场黑熊活体取胆汁》为题进行了报道。市县两级林业局当即到该熊场调查,并认定熊场在使用不正当手段抽取胆汁,同时熊场还存在污染环境问题。县林业局没收了全部铁肚兜和所有用于抽取胆汁的工具。林业局将定期抽查,禁止再发生抽取胆汁行为。还责令场主将熊场搬迁或将熊转卖到国营熊场。场主表示同意。9月中旬,场主联系好买家,为了省饲料钱，在熊被运走之前停止喂食两天。

需要补充的是：熊场场主是个残废军人，该熊场三证俱全。但他抽取胆汁方法太原始太落后，给胆熊造成极大痛苦。所以，不要说动物凶残，在对动物的虐待和猎杀方面，人往往比动物更无情也更凶残：胆熊被囚禁终生，取胆汁受苦终生，人靠它们发财，最后竟不给它们喂食，连怀孕的母熊也不给吃的。被囚禁的饥熊陷入了更大的危机之中！

熊被禁食第三天上午，熊场发生了熊吃人的惨剧：

场主来到一个散养6头怀孕母熊的圆形水泥坑边，放下梯子准备下去打扫卫生。不料脚下一滑，扑通一声掉进熊坑。当时有的母熊已开始叼草做巢。熊本来在11月冬眠，翌年1月下旬或2月上旬产仔，4月中旬前后出蛰。长久的监禁已使它们被迫改变和放弃了冬眠习性及分娩周期。和所有雌性野生动物一样，处在造巢产仔期的母熊护巢天性格外强烈。尽管与场主熟识，但事发突然，巢区内竟掉下个大活人，这如同点燃了导火索，母熊们的护巢天性瞬间爆发，它们不约而同猛扑上去，狂暴地攻击这个从天而降的入侵者。

诞生2000万年的熊科动物在漫长的进化中，一代又一代的熊为了猎杀捕食，捍卫领地，争夺配偶和夺取王位，早已演化出强大的爆发力和简单实用的打斗方式，而且自幼玩耍时便开始演练,即以强大的双腭剧烈啃咬或以巨大的前掌猛击对方要害——头颅或颈根部位。但凡在荒野中发生两熊剧斗的情况,善于观察的人都会注意到,它们发出的第一击,往往以前掌直接挠击对方颈部致命且皮毛薄弱的动脉横贯处。

第一头冲上去的熊一口咬在场主的颈部,造成颈动脉破裂,发生血喷。其余的熊随后扑至,饥肠辘辘的它们闻到血腥味凶性大发,争抢撕咬人体……

人们告诉我,那些熊极其狂暴,全都吃红了眼。闻讯赶来救援的人们根本无法接近现场,更别提抢回尸体,只好打电话向消防队求救。消防人员以高压水龙驱赶,熊仍旧死死咬住残缺的尸体不放,拖着尸体四处躲避。最后有一头熊将尸体拖至水柱打不到的死角继续撕咬,其他的熊在水柱阻击下依然跃跃欲试,随时准备上前争夺尸体。再后来,就是我在电视里看到的那些余怒未消的可怕母熊们。

早期熊科动物属食肉类,从始祖晨曦熊到洞熊。它们在环境的压迫下演化成杂食动物之后,仍没有放弃狩猎习性,尤其当它们十分饥饿或长期食用植物性食物,身体需要补充脂肪、蛋白质和钙质时,便会转而捕杀食草动物和啮齿类动物。实际上,野外的大熊猫不单单吃竹子,如果有机会,它们也吃肉食。

这桩血案发生之后,在我的心里一直是个解不开的结,十分牵挂。舒兰县林业局的介绍，使我详细了解事件发生的细节和诱发因素，令我陷入更深的思考并得出以下结论：

一、被圈养的熊由于长期失去自由，不同程度患有抑郁症；抑郁症患者易怒、易沮丧，对身边发生的事，或反应极其敏感激烈，或极其迟钝和麻木。所以经常会发生自残、自杀以及破坏身边物体、伤及其他生命的行为。

二、怀孕的母熊尤其将要生产的熊，需要一个私密的隐蔽空间，拥有自己领地的核心地域即巢区或家域。多头同样有此需求的有孕母熊被囚禁在狭小空间内，争占巢区的本能使它们感到烦躁压抑，互相间关系紧张，充满敌意，一个小小的起因就可能导致重大冲突。例如在牢笼中，产下幼仔的母熊极易发生吞噬幼仔的行为。

三、怀孕的母熊同怀孕的妇女一样，需要补充各方面必要的营养，如钙、蛋白质、维生素、脂肪等，而熊场场主平常只给它们喂玉米面、况且已经两天未给熊喂食，导致熊饥不择食，杀人吃肉。

四、野性未泯的有攻击能力的动物突遭惊吓，会出现两种本能反应，一是火速逃离现场，二是立即发动攻击。这两种情况的发生依动物的性别、年龄、性格、情绪及所处环境等因素而定。

五、动物群体中一般有一个武力和智力上占优势的首领，首领拥有占有众多配偶，优先吃饱吃好，有舒适的休息场所和支配属下的特权。而其他成员都存有打败首领，取而代之的野心。一旦首领出现虚弱和失常状况，残酷的夺权行动即刻发生。例如曾有过养熊人与温驯的熊相处多年，有一天他不慎跌倒，熊立即趁机将其杀死，此次血案也有这个特征。同时，驯养野生动物的人往往被动物视为同类，并视为家庭或群落的首领，平日言听计从。一旦主人丧失优势，它们的遗传基因里潜伏的夺权意识便立即激活，本能促使它们以最大战斗力去夺取群体中的优势地位。

六、人类是野生动物的最终消灭者和奴役者。只要人类导致一个动物物种在自然界中的对手或天敌灭绝，自己取而代之；或者在自觉不自觉中成为一个顶级动物物种，如熊、虎、豹、鹰等物种的捕杀者，那么，人类会被认定为最大的敌人。这个结论将被印刻在动物的遗传密码中并一代一代传下去。

得出以上结论后，觉得基本解开了心里的疙瘩，也算有所收获。但是，我仍然很不平静：一个人的惨死，一群熊的不知所终，分布在全国各地偏僻乡下的活熊取胆养殖场里，仍然在发生着虐熊惨剧，我要不要继续追问下去……

聆听自然的七种方式

在松花江流域采风，一位老萨满告诉我，小鸟们在林间飞跃，会沿途遗下星星点点的白色粪便，无意中标点出它们的飞行路线，这叫雀路。当无数雀路像车辐条一样穿过崇山峻岭，自四面八方汇至一个圆心，那就是鸟天堂。如果找到那里，无论多脏的灵魂都会变得一尘不染。

那会是一种怎样的天籁？！

于是去民间和荒野找寻和聆听，成为我的创作取向。

这种选择居于对复杂或冷酷人际关系的迷茫、失望、痛苦，转向山林寻求心情澄明平和的主动；基于发展经济的大背景之下对生态惊人的漠视以及人类对其犯下太多罪行的反动；基于对"触及灵魂"的"文革"积习和经济转型期凸显的道德蜕变及沦落价值观的拷问……这涉及另一种活法和创作道路，虽然迟到，但我听从心灵召唤。

30岁那年在乡下，一个牧羊人指着山谷中的悬崖讲，过去那里是狼开会的地方。二十多年前，每逢月夜，狼叫声此起彼伏。我到悬崖下吼一嗓，结果出奇响亮且有数波回音。我对山谷里错落有致的天然音柱似的矮崖、石垛着了迷，流连忘返……暮色渐沉，忽然一声悠长的狼啸响起，凄美高亢，丝绸般柔软中透出刺破苍穹的刚性。

我幡然醒悟：昔日，这里是一座狼歌台。

听说，有一晚它们叫得格外悲凉，整个山谷哀音缭绕，此后狼迹全无。凌晨时分，有人看见狼队携老挈幼朝东迁离。

唉，人间有数不清的卡拉OK，却容不下一座狼歌台……

那天，心里埋下一颗散文之种。

2004年春，去鸭绿江看中华秋沙鸭。听说有个山村曾收养一狼仔，喜歌唱，村人称谓歌狼，住村里15年老去。弥留中，村人结队为其送饭，沿其无力贴地吻端摆做船形垛。狼号称饥饿之王，终生为饥馑所迫，常夜行百余里觅食，如今在美味环簇之中舒缓阖眼，可谓极乐。

吁，苍天佑我，沉睡19年的种子终于发芽。

乌德赫人的世界观即北方原始宗教的"万物有灵"核心主张：自然和宇宙间"没有任何没有生命的东西———切都是有生命的，一切都是活的，一切都跟人一样。地球本身就是一个巨大的活的物体。"这与土地伦理学之父利奥波德的土地共同体哲理多么惊人的相似。是生命就会发出声音，就会成长，我们也会看见和听到。然而，动物越来越少也越来越胆小，若接近，只听到慌不择路的簌簌窜逃声。万般无奈只有选择聆听，并在此基础上搭建作品框架。如此，在一个流传于长白山区的民间故事母体上，生长出摹写水獭戏水声音的长篇散文《拍溅》①。在此文中写到四种对野生生命的聆听感受，也可叫做方法：

一、像古人王维听"桂花落，鸟鸣涧"。徐霞客听石潭泉滴那样，细听各种细微自然音响；

二、倾听黑暗中的自然律动，流水音韵，水獭配对的歌鸣及搅水，春夜冰层融雪声；

三、谛听所有人都听得到的自然之声中的所有人听不到的内在之声，大鱼心跳，雪落湖水等音响；

四、辨听野生动物叫声中传达的含义，水獭求偶、唤仔、警告、恫吓、报警等叫声。

另外，还有三种聆听的方法已有心得，还未用，应该是聆听的至高境界：

五、化作"它们"走火入魔，深入秋虫唧唧的灌木丛，与虫鸟你一声我一声搭话（今夏曾遇数只灰伯劳，摹其鸣声对语，竟杀出一只边叫边在叶丛中冲我跳跃而来），大家都挺认真沉入心情；

六、聆听声音背后的生命故事,听山兔、野狍的绝叫似孩儿喊痛,是谁伤害它,为什么?

七、以生命聆听生命,即以生命为代价或在弥留之际选择聆听天籁之声;这源自曾当过木把的贾殿清伯伯②讲的民间传说,隐居深山的老人用柳笛与小鸟相问候相照拂直至生命结束……

实际上,这就是鸟天堂、狼歌台的境界。至于那声狼啸,估计是幻听,这也算一种方法。

如果写篇长文,用以上方式作内在节奏:啪、啪、啪……此文当属上品。正如一首因纽特人民谣所唱:"在远古时候/人高兴变成动物就能变成/动物高兴也能变成人/因为我们讲着同样的话语/我们发出同样的声音"。所有自然之声远比人类乌七八糟的声音更古老更伟大更美丽更永恒,那是地球本身发出的声音。

---

① 《拍溅》刊载于作家杂志2003年6月号,网上可查阅全文。此文在2003年中国作家杂志社与中国散文学会主办的全国散文大奖赛获奖。

② 贾殿清伯伯是父亲胡昭落难后踏查鸭绿江时结交的老哥哥,曾任《临江林业报》主编、临江林业局宣传部长。当年他并

不嫌父亲是右派而疏远他，反而格外热情。两人结下终生友谊，常相牵挂。1995年去临江采风，与老人整日长谈，聆听十余个动物故事，嘱我治用。《拍溅》原型故事即那日所得。该文发表后听说老人去北京儿子处，苦于无地址邮寄。2004年秋在鲁迅文学院进修，致电妹夏林询问老人在北京的电话，才知老人已于两周前过世，不由痛哭失声。老哥俩于这一年的早春和晚秋先后远行，好像彼此心有所约，此时二老应该在上天相聚了罢。

蘑菇课

第一课　夏末·和松鼠打了一架

　　榆黄蘑的色泽和形态十分独特，看过一眼的人都不会忘记。
　　先说菇伞的颜色，一种质地娇嫩平滑、吹弹得破的柠檬黄、藤黄、柚黄？都不太像。那颜色似荷清花（俗名鸭蛋黄）却略淡，比蒲公英花色稍浓，像驴蹄草花一样抢眼又不及它热烈。这样吧，如果把风干的刺五加嫩叶芽用滚开的山泉水沏一下，泡出明澈碧透的茶汤，滴数滴在驴蹄草花的颜色中，可调制出十分恬静又稍许耀眼的淡金黄色。榆黄蘑的菌盖色泽从边缘到中心，由素雅的草黄至顶级的鲜黄再到明艳的金黄，层层过渡，人眼几乎难以察觉。哦，想起来了，那种黄是黄菠萝（黄檗）经霜后的树叶被早晨的阳光映透的颜色。
　　从小立志当画家，也曾画过几笔的我深知，多老到的画笔也无法真实表现榆黄蘑的全部光彩。有谁不喜欢花呢？我认为蘑菇的色泽比花朵更朴素也更美丽。

然后说形态，丛生；十几二十几株菇蕾紧紧相拥，呈不规则扇形依附在倒木上，生机勃勃、努力向上。再然后说生境，生长在榆（主要是榆）、椴、水曲柳、桦（少量）等阔叶树的枯立木、倒木和伐桩上，偶尔也长在孱弱的活立木上。生于榆木上的榆黄蘑味道更鲜美，长得也更茁壮。

最后说蘑菇的气味，它散发着野生蘑菇亿万年不变的鲜美纯粹的菌香，仿佛来自仙境。这香气不张扬亦不做作，宁静幽悄溶入四周小溪、苔藓、湿腐木、青草绿叶的清气中。只有将鼻子凑近去，它才骤然绽放本性，难以形容的鲜劲、潮润、沁凉之气贯入鼻腔，像一股山野的香风，刹那间扑进肺腑，充溢胸膛。整个人即刻感到头脑清明，精神提振。我品过，许多人闻过一次之后，不会在闻过的蘑菇上闻第二次，只一次已将那气息烙印在记忆深处。

有一次妹妹从长春来看我，准备午饭时一个劲念叨：中午吃什么菜呢？我说别急，上山给你取点榆黄蘑，回来炒笨鸡蛋。拔腿飞快上山进寒葱沟往返四十分钟，从一株只有我知道的榆树大倒木上采回两斤多嫩菇。回家拉开背包拉锁时，鲜冽菌香骤然喷发，带着一股劲道扑在妹妹脸上。她瞪眼张嘴，一副呆相，啊—啊—啊—连声惊叹。

今天极幸运，从寒葱沟进原始林，在没膝深的草丛中往溪边去。偶然抬头,一棵遍覆厚毡般翠绿青苔的倒木背阴处,一蓬淡淡的金黄色光辉静静闪耀。定睛看去,好大一簇榆黄蘑!

榆黄蘑又叫金顶蘑、玉皇蘑,学名金顶侧耳。1979年初秋,我在长白山脚下的一个山村小市场见过。采蘑人把一簇蘑菇连同它生长的倒木根材一并锯下,虬曲槎枒的老树朽根衬托着嫩娇娇的金蘑,宛如一件用上乘黄玛瑙雕琢的工艺品。其实,这比喻纯粹贬低这至纯至美的自然造物,人工制品再怎么精雕细镂也比不上天精地血孕育的珍品。好比我现在用近千字来描述它,倒不如捧来一坨蘑菇,让你看一看,闻一闻,那才叫亲身感受。

假如有朋友用人工养殖的榆黄蘑请我吃饭,菜肴烹制得再怎么色香味俱全,我宁吃咸菜也决不动一筷子。这和有些人吃过江鳌花(鳜鱼)后,决不肯再吃养殖的鳌花同理。

眼前这簇密集丛生的榆黄蘑,是我在原始林里一直苦苦寻找的目标之一,另外还有羊肚菌、松茸、灰树花、黑块菌等。它在每年的6月至8月出现,繁殖季长达4个月,雨水丰沛的年份更多。2008年雨水少,山谷中的小溪都已干涸,能见到这么大的一丛实属不易。过去的几年,只在山上见过数朵零散的残蘑,今日终于得偿所愿。另外,晚餐也有着落:用里脊丝炒鲜蘑再加入饼片烩锅,或者干脆包蘑菇馅儿饺子。剩下的用凉水洗过,再用温水漂洗然后带水下汤,佐以少许黄瓜丝……饱餐后两小时打饱嗝,仍从嗓子眼里冒出一股鲜亮味。呵呵，世上几人有我这般奢侈享受？

我且惊且喜地凑上去，先细细地端详再美美地闻闻，然后找好角度拍摄……突然，耳畔传来嘎巴一声掰断枯枝的脆响，吓得我全身陡震。紧接着传来嘟噜噜噜类似大鸟振翅声响，扑通通大松塔落地声和砰砰叭叭的拍打树干声。

这声响来自上方，树上有人！

惊吓中，出于本能也为了维护尊严，我马上嘟嘟大吼两声回敬对方。结果，结果后脑勺上方又响起嘶嘶怒叫。这一招吓得我汗毛直竖，活脱脱一条大蟒冲我后脖梗嘶叫。可温带森林哪有蟒啊？难道这东西会飞不成？

我大脑飞转，绞尽脑汁搜寻可能出现的潜在掠食动物，它到底是什么？必须看清楚对方，才好采取应对之策。

只能是黑熊，熊会上树！

倘若招惹了熊，绝对是大麻烦。我两腿发软，心咚咚咚打鼓，右手哆哆嗦嗦打开摄影背包，里面有一罐防暴催泪喷射器，它是我唯一的救星。

熊鼻子灵敏得出奇，但它和野猪、大象等大多数大型哺乳动物一样，最害怕辛辣气味，对准它鼻头猛喷催泪气体，它肯定飞快逃窜。

孤身一人在深山莽林行走，心里必定存有远离人群的不安全感，同时也伴随着对未知事物的好奇和恐惧。原始森林巨大广阔，阴暗神秘，人在其中简直太渺小太脆弱了。小溪潺潺，鸟叫虫鸣，风过树梢等自然音响，人会将其视为森林的一部分，泰然处之。可是，一旦突闻怪声巨响，立即惊耸，多胆大多老练的人也不行，只是遭惊吓的程度不同而已。在正常情况下，假如冷不丁出个大响动，已经够吓人的了。这一回却有多种吓人声响凑在一块儿，全冲我一个人来了，你说有多可怕！

我紧紧攥着催泪罐，战战兢兢地往前边的树上看，发觉横树杈上有黑影晃动。我扭头看看身后，再回头看那黑影，它呼的一声缩进一簇叶丛中。我紧盯住那里，结果一只灰松鼠从叶丛中探出头来。它一边冲我嘶嘶怒叫，一边抖动毛蓬蓬的大尾巴，使自己显得体形更大，还发出一种喷喷喷的咂舌声。

难怪民间把灰松鼠叫松狗、灰狗子，它正在冲我吠叫。

我以喷喷喷的咂舌声回敬它。它立刻倍加愤怒，冲到光秃秃的树杈中央，完全暴露在我的面前，转来转去急剧甩尾，用力叭叭跺脚，还发出夹杂爆破音的嘶吼，像恶犬那样发出暴怒的狂吠。一双圆鼓鼓的眼睛闪烁着愤怒的光芒，牢牢盯住我，冲我连续怒叫。那根装了弹簧似的大尾巴舞得像个风火轮，呼呼作响。同时向我这边快速横移，摆出一副大打一仗的架势。

面对它的激烈反应，我猛然意识到，这可能是个雌松鼠，它在保卫巢穴。否则,看见我这个浑身怪味,个头比它大出几十倍的两腿怪物,它应该迅速逃跑,而不是如此执拗地采取各种恫吓方式,跟我这么个它根本就无法战胜的闯入者抗衡。雌松鼠一年产两窝幼仔,第二窝幼仔比头窝多,有5~10只。今天是8月26日。掐指算来,第二窝幼仔快断奶了。它含辛茹苦把数量众多的幼仔养大,强烈的母爱促使它无论如何不能退缩。仔细看,它的动作虽快速灵动,身体却缺膘少肉,削瘦细长,肯定由于哺育众多幼仔付出大量奶水和过于操劳的缘故。

这时候,跑到我身后帮它共同驱敌的老公或头一窝的子女,已经偃旗息鼓再无动静。只剩下它一个不顾死活单挑强大的人类。刚才,就是它用各种方法制造巨大噪声,还指挥帮手绕到我身后,前后夹击,共同抗敌。这是个多么聪明勇敢,置生死于度外,奋勇保卫家园的小母亲啊!

若不是亲身经历,我决不会相信眼前这一切。抛开文化修养之类的东西不谈,已为人父并非常疼爱女儿的我,面对它如此娇小的身躯表现出如此超凡的勇气,不能不感到万分愧疚:是我擅自闯到人家的育婴房旁边,连声招呼都不打,给它和它的家庭造成了极大的惊扰。

我深深看一眼那簇寻觅已久,娇艳欲滴,令人垂涎的榆黄蘑(足足有两公斤呐)。数点阳光洒落,它们仿佛在淡金色光影中微微晃动,缓缓跳起金蘑之舞……再匆匆扫一眼怒火万丈,决不退缩的松鼠妈妈,我尽量俯低并蜷缩身体,放轻脚步,慢慢后退。

那簇少见的美丽榆黄蘑,生长在人家的领地内,它是地主。不但如此,眼前这一大片绿油油的红松林,也是人家的觅食区域。从大道理上讲,整个保护区的原始森林乃至整个长白山,全部属于世世代代在此居住的各种野生动物。人类——不管你是谁,在这里都只是一个令森林原住民十分讨厌的匆匆过客。

有个前猎手跟我说:放秋前后的松鼠特别傻,在树杈上冲着枪口嘶嘶怒叫,有时仅相距三五米,旁边还有它的同伙搬松塔砸你。打着松鼠后像剥兔子皮那样在四条腿腕部切个口往下撸,可整个剥下一个皮筒,晾干了留着卖钱。再把松鼠开膛收拾干净,囫囵个穿在钎子上,找干核桃楸木劈成桦子,在地上挖个坑,架上桦子用火烤。核桃楸木的烟气燃烧后熏入松鼠肉里,味道喷鼻儿香。

那些面对枪口发出怒吼的,肯定是舍命护巢的雌松鼠。打死它,那一窝后代也没法活!

松鼠主要以红松、云杉、冷杉、落叶松、樟子松及椴树的种子及榛子、核桃、橡子等坚果为主要食物。在缺乏食物的夏季,它们大多吃些蘑菇、悬钩子、越橘等浆果充饥;还喜欢吃蚱蜢、甲虫等昆虫和一些虫类的幼虫及蚁卵,偶尔还干点偷食鸟蛋的勾当。由于松子、榛子、核桃、橡子等大宗坚果类食物在有的年份高产，有的年份歉收。所以，这些挑选蘑菇的小行家经常采集蘑菇，运到倒木或树墩去晾晒，晒干后收入巢中储存起来，留待冬天食物紧缺时食用。

从1995年起，我每年都来长白山及周边的林区采风。由于长白山保护区及周边林场常年大规模打松子创收，造成松鼠的数量骤减。它是我十多年来看见的第五只松鼠，实在难得。而且，它已经养育了一窝后代，它们即将出巢跟妈妈学习生存本领。此次遭遇，让我心中生出一种牵挂：在不打扰它们日常生活的前提下，时常来寒葱沟远远地看望它们。

没想到，由于被这窝松鼠所吸引，在那年蘑菇季结束之后，我又在寒葱沟泡了整整两个秋天。在这些日子里，各种蘑菇给我带来的惊喜不断，我还目睹了松鼠一家同林鸮展开的一场浴血大战……

第二课　跟熊抢蘑菇的大姐

森林里的另一个老住户——熊，也十分喜欢吃蘑菇。我曾经听到一个"傻大姐"跟熊抢榆黄蘑的故事。

有一天进寒葱沟，沿途瞥见两棵榆树倒木上的榆黄蘑已被采摘干净，只剩刀割后的蘑菇茬。还看见低洼泥泞的小路上，有一人进山的清晰足印。此人步幅不大，穿38号鞋，不是个少年就是个女人。果然，晌午，在二汊头小河边休息时，遇见一位背着背篓归来的老大姐。交谈中，得知她姓张，年过六旬，在山上采了30多年蘑菇。见她抽烟，我立刻殷勤递烟套近乎，想法子找话题掏她的故事。果然，性情爽快的大姐打开了话匣子：

十年前，也是这个季节，她整个上午只采到几朵蘑菇，正在山林里苦苦搜寻，突然眼前一亮，在不远处一株老榆树两米多高的大残桩上，从根到梢，层层叠叠长满了黄澄澄的榆黄蘑，像开了满树耀眼的大黄花！

好大的一棵蘑菇树,正在向她遥遥招手。

她大喜过望,急急向蘑菇树奔去。可没走出几步,忽然听见一阵嗞嗞哇哇的叫闹声。她躲在树后定睛看去,哎呀!那棵蘑菇树下来了三只熊,一只母熊领两只小熊。母熊仰脖呋呋呋闻闻蘑菇,哼哼两声,把小熊叫到身边。随后长身起立,伸掌从树上掰下一块块鲜美的蘑菇喂给小熊吃。小熊在春节前后出生,才四五个月大,刚刚断奶,正处在认知各种食物的发蒙阶段。熊跟人一样,当然知道什么是美食。鲜蘑入口,头一回尝到这种美味,小熊等不及妈妈喂食,像小孩第一次吃冰淇淋,馋得要命。唔唔呀呀站起身来,前爪搭在树上,吧嗒吧嗒小嘴去够长在低处的蘑菇。

张大姐打量树干上的蘑菇,黄澄澄嫩娇娇,一朵挨一朵,一片连一片,一丛挤一丛,散发着金黄色微光,覆盖了两搂多粗、两米多高的整棵树桩。估计有五六十斤,能装满满登登两大背筐。一上午没采着像样的蘑菇,好不容易碰上这棵大蘑菇树,却被母熊一家抢先一步霸占,她又急又恼,一心想吓走母熊,抢回蘑菇树。于是,小心翼翼挪蹭数步,藏到一棵枯死的大杨树后面。这时她和熊距离不到十五米,下风头,真真切切地闻到了熊身上散发的油泥和粪尿混合的呛人体臭。

哪哪哪!她抡起手中白蜡杆木棍,不住点地敲打身边的大枯杨树。这种树大多是空筒子,如击木鼓,声音响亮。

母熊闻声大惊，站直了身体四处张望，寻找这个听上去来头不小的进犯者。这是熊突遭惊吓的第一反应，一旦看清对手，它马上会采取行动。但这次跟以往不一样，对手无影无形。它伸长脖子，一手撑树，努力维持着后肢站立的姿势，长时间四处张望。它实在不想放弃这满树的鲜蘑，一心想看清对手的模样。俩小熊也学妈妈的样子，后腿撑地站立起来，不安地东张西望。

可是，它们什么对手也没看见，什么陌生气味也没嗅到。

那可怕的敲击声仍阵阵传来，密如疾鼓，声若雷鸣，而且近在咫尺。

母熊撑不住了，发出这种惊心动魄巨响的怪物肯定惹不起。它前肢落地，嗯呜、嗯呜发出急促低沉的叫声，催促着小熊，一步一回头走入丛林深处。情况不明，为了幼仔的安全，还是走为上策。

张大姐从枯树后头出来，奔向蘑菇树，树下还留下两坨小熊没吃完的蘑菇呢。她急急忙忙开始采摘从熊口抢下来的鲜蘑……

这是个无知无畏、贪财不顾命的典型事例。我心里惊叹着：人与熊在野外遭遇造成死伤，全都是由于人侵犯了熊的生活空间。其中，与带崽母熊近距离遭遇是最危险的，这段时期它处在十分警觉的状态，对任何异动都会做出反应。母熊护崽本能极其强烈，会疯狂攻击靠近幼崽的任何动物，直至认定对方死亡为止。

张大姐能逃过此劫，简直太幸运了！

为了从她那里听到更多第一手的山林故事，我拿出几块午餐的点心分她一半。不料她十分慷慨，从背篓里翻出一包刚采的蘑菇送给我，"青蘑，好吃。"

相距两尺，我已闻到从塑料袋缝隙流溢出来的清凉水香。那是在深山幽谷尽头从石罅中流淌的山泉散发的冷冽水气。这种蘑菇有我的半个手掌大，象牙白色，菌肉肥厚鲜嫩，扁勺状，似一盏古代盛酒铜爵的开口，弯曲内凹，雅致洁净，沉甸甸的一袋足有三斤。我不由心中暗喜，今晚将此菇四分之一下清汤，四分之一炒肉丝青椒，四分之二晾干带给女儿和妹妹品尝。

晚饭后，唇齿留香的我摊开手头的4种蘑菇书细查比较，最后结论是美味侧耳，别名紫孢侧耳、青蘑；菌肉厚、白色、吸水、味美，覆瓦状丛生或散生于阔叶树腐木上。

美味侧耳含水分极大，在通风处阴干三天，依然水分充盈，满室流香。这种水香使我想起前几日买到的绣球蕈，它也有水香味儿，不过细细嗅来，两者有微妙区别：绣球蕈的水香气有暖意也柔和些，其中掺杂淡淡榛树萎黄气味，如同在春雨后暖阳中半干半湿萎黄散发的温和淡香。绣球蕈生长在海拔较高的森林中，当地人叫松花。喜欢贴附松树生长，长相似花椰菜，口感像银耳，呈奶油色，也有色如牙白的；大者有篮球大小，有记载最大者达14公斤；好闻的香气和大而多肉的肥美菌体，在欧洲是家喻户晓的美味。长白山由于海拔高，所产绣球蕈质地更结实硬韧些，口感脆爽，颜色为素雅的淡烟色。

后来，这个跟熊抢蘑菇的老大姐成了我的朋友。每当她在市场卖蘑菇，我便去买上二斤，顺便唠唠蘑菇经。她告诉我，采蘑菇最好在雨后，天不冷不热又没风，蘑菇出得旺，长得壮。晒蘑菇时最好翻过来晒，盖朝下腿朝上干得快，不嫌麻烦穿成串儿挂房檐下也行。采蘑菇得挎筐背篓去，用塑料袋和背包容易把蘑菇挤坏、变色，不好吃，还可能有毒，吃了会闹肚子。采蘑菇时最好带几个破布袋，把不一样的蘑菇分开装，别混着放。看见成片的小蘑菇头先别采，记住那地方养几天等它长大了再去。柳树趟子里的花脸蘑别采，有毒；要采清堂林地上的。吃剩的榆黄蘑不能直接晾晒保存，那样蘑菇会木质化，没法吃；要炒熟后再晾干，或者找大罐子盐渍保存……

顺便说一句，阴干美味侧耳的那几晚，仿佛有一泓清泉伴我入眠，一股清净的水香始终萦绕枕畔。

第三课　初秋·绝色红菇季

走进森林，如同进入一座无边无际、琳琅满目的蘑菇博物馆。

在一片疏朗的林中草地，见一大朵一大朵的浅烟褐色或淡土黄色蘑菇散生在落叶层上。有的已长成有皱褶及裂口的浅圆杯形状，有的初具凹伞雏形。贴近嗅闻，有柔和的干爽椴叶香气。大杯伞，美味可口的食用菌。一只只捡入背篓，共十五朵。

隆纹黑蛋巢菌比黄豆粒还小一圈，须趴在地上屏息观看。此菌虽小却异常精美，颜色呈纯正的咖啡色，形状酷似羽衣娇艳的长尾粉红雀小两口营造的杯形巢。巢用柳叶绣线菊的细枝、小春榆的韧皮、线麻的长条纤维、茜草和莎草的茎与叶编织而成，巢底铺垫细丝般纤柔的草茎。此巢精致小巧，一对小鸟辛勤操劳十余天才完成。同鸟巢一样，在蛋巢菌巢底部，有数粒洁白扁圆的"蛋"，这是蛋巢菌的孢子。当一滴露珠或雨点滴落在娇小的菌杯上，孢子随水花泼溅，散落在周围的苔藓层或腐殖土中，形成邮票大小、一片连一片的蛋巢菌群落。

  我曾在原始林中的这条小径走过数十次,还曾趴在这小片蛋巢菌旁边拍摄过草芍药盛开的花朵。如果没有王老师指点,万万想不到路边竟隐藏着一个令人惊叹的隆纹黑蛋巢菌微型群落。我不能说这片小小的群落具巧夺天工之美,因为它自身即为天地所生,是亿万年漫长岁月微雕精琢的自然极品。

  再行半里路,王老师停下脚步,"这是'死人指',学名叫多型炭角菌。"

  看过许多鬼片的女儿乍见此菌照片,马上瞪大眼睛"哎哟"一声。这种菌的长相挺可怕,有的成一簇从地下腐根中钻出,似数根黑色的手指从地底伸出来,抓握地面一根枯枝;还有的紧贴在腐朽榆树根桩上,似在向上攀爬,给人恐怖印象。此菌广泛分布于北温带森林,十分常见。可以想象,一个采蘑菇的大嫂钻进阴森的云杉角落,突见一丛丛黑手指从腐叶和苔藓中伸出,呈现抓取、握拳、伸张、勾曲等各种活灵活现却又僵死不动的人指形态,肯定吓得尖声惊叫,狼狈逃窜。

  再抬头,幽暗的毛榛丛中,一座湿朽斑驳的老残桩上,数朵红火苗熠熠生光。不对,它们并非燃烧而是静止不动,五株长着篝火般鲜红伞盖的橘红光柄菇并蒂而生。

  7月29日,光柄菇属真菌的出现宣告盛夏的来临,同时也是生长在次生林地上红菇属菌类的节日。蘑菇和森林动植物一样，可预告季节的来临和变化，甚至预报下一年的年景与收成。

我认为森林有自己的历书，我叫它森林历。森林历与农历迥然不同，农历为人类耕作农作物制定时间表，几乎尽人皆知。森林历却是山中所有动植物生命周期的见证，与林中万物的生命循环相和相应。这不，托盘节（悬钩子果实成熟期）刚刚启幕，高山蓝莓大批成熟季节紧接着到来。雨后的森林宛如初夏的草地，各种色彩缤纷的红菇如百花绽放。

大红菇也称革质红菇，硕大夺目，成熟时有的伞盖呈现憨醇的老红，亦有耀眼的鲜红和晚霞般的粉红；干燥时革质菌盖出现无数纤细裂纹，似大理石细密纹理。肉色红菇盈盈透明，菌盖水浸似的从里往外洇出活泼泼的水红。玫瑰红菇有浅淡的绯红，飘逸着枫、桦的干爽木屑气息。花盖菇是种大蘑菇，又叫蓝黄红菇。颜色似旺燃的火炭，紫中透红，蓝中透紫，暗红正炽，亦有如同燃后未尽的褐黑；矮胖的菇腿米白色，形态憨拙讨喜且属美味佳肴。金红菇也称红斑黄菇，洋溢着夕照般明亮的橘红或橘黄色泽，中央凹陷颜色愈烈，或呈浓浓酒红；也有国画般朱砂色中点缀数朵金黄亮斑。美红菇似赤芍灼灼绛红，至中心透出近乎黑夜般的重紫。黄孢花盖菇也叫黄孢红菇，菇盖似熟透的苹果，泛出陈年朱墨老旧光泽，或现醇厚的紫葡萄酒色，带有贝类气味，可选鲜菌食用。沼泽红菇是沼泽林地的特有品种,形态高壮,火焰般燃烧的亮橙红光彩引人注目,有林地土与鲜断草的混合菌香,为上品美味。朱红菇又称大朱菇、红菇,初生时艳艳纯红,过熟后深至凝血般的暗沉沉紫红。变色红菇也叫全缘红菇,菌面色泽多变,有嫣红、土红、栗褐、紫丁香、藕粉等色,菌肉结实,有杏子气息,可食用并味美。辣红菇大亦醒目,微微水果味却含毒;悦目的柠檬黄菌褶与紫茉莉菌盖和暗绯红菌柄之间色彩对比鲜明。红菇又叫美丽红菇、鳞盖红菇,菇伞有的好似海中珊瑚般彤红,有的宛如鲜石榴般红艳,中心凹处有绒絮或轻覆白粉;菌肉厚实洁白,具薄荷味辛辣气,味鲜可食。玛丽红菇呈光滑的海棠红,散发清淡的蜂蜜气息,常见蛞蝓等粘虫啃食菌伞留下的蜿蜒痕迹,人却决不可食用。毒红菇从初生至老熟由浅荔至茜红至酒樱桃红,光鲜悦目,如此靓丽一旦误食则恶心呕吐,故又名呕吐红菇。

正沉迷于华丽美艳的红菇世界,忽接妹妹短信,问一种土名叫青盖子的蘑菇。她在辽宁一小镇温泉疗养地,见街边有人出卖此蘑。我转身问王老师,他笑而不答,行几步路,从落叶和青草中撷得一朵蘑菇,"喏,就是这个绿菇,也叫变绿红菇。"

此菇土名还有青顶子、青面梨菇、青菌、青蛙菌、绿豆菌、青头菌、青汤菌。它绿松石色的菇盖上仿佛蒙着一层薄雾般灰蒙蒙的细绒毛，还带有古代青瓷那种雅致的龟裂状鳞纹，菌柄白色，细细嗅去，一缕清淡似嫩豆荚的润润菌香漂至鼻端。

当即给妹妹回信：可食用菌，好吃。

原来，红菇属蘑菇不但种类众多且色彩纷呈，有个体从菖蒲的翠绿到剪秋罗叶的蓝绿到山荷叶的灰绿到野山楂树的淡黄绿颜色深浅变化多端的叶绿菇。有洋溢着水果香气通体乳白后变幻为米黄或蛋壳色可食用的大白菇。有娇嫩可人、惹人瞩目闪耀着鲜黄色光泽的湿地红菇和林地上极为常见却不事张扬调子略暗的琥珀色黄白红菇。有色似鸢尾花一团紫靛或紫罗兰色伞心近墨菌褶菌柄却白似奶油对比强烈的黑紫红菇。有土名黑菇、火炭菌色泽仿若马鹿冬毛棕灰至深棕灰色的烟色红菇。还有从初生的污白长大变灰再大暗褐至老熟变黑的密褶黑菇与稀褶黑菇……据菌类专家不完全统计，长白山区红菇菌类有5个类群共35种。

我的蘑菇课就这样开始了。

蘑菇课的上法很简单，课时四至五小时，由王老师引路，在他行走过无数次的原始林或早年的采伐迹地漫步，把看到的每一种蘑菇都记录并拍摄下来，同时侧重对有特色菌类做讲解。每天下来可记录二十余种蘑菇，认识两三种形态和色泽有突出特征的蘑菇。

王柏老师是长白山科研所的菌类专家,在当地工作四十余年,1986年与人合著《长白山伞菌图志》。第二年我得到此书,对多姿多彩的菌类世界憧憬已久,20年后终于得偿夙愿。

第四课　榛蘑季·小松鼠出巢

寒葱沟是当地满族先民以一种植物命名的,想必当年这里的寒葱生长旺盛。

寒葱学名叫茗葱,幼苗可食用,曾被北方地区的各少数民族先民和如今的山里人当做佐餐的佳品。满族入关后,皇室成员仍不忘老家的寒葱,列为宫廷贡品,年年由北方进贡。记得初来长白山第一次吃寒葱,头一口鲜苗入口,我有些吃惊,竟先出甜味,而后才泛出葱、韭、蒜三合一的味道且山野气息十足,绝无种植蔬菜的田园风味。这味道转瞬间便征服了我,以后天天都想吃。但此物不可多食,半斤足矣。生吃、炒、拌、下汤均可,多食胃肠略感不适。它是多年生草本植物,年年春天有人采集,未等开花便被采光。这样一年年下来,现在的寒葱沟便只剩下一个地名。

春夏之交我同当地人去寻找,只见到稀疏的几株,想多采须进深山。此野葱开花似大葱开花，不过更加艳丽夺目，泛金绿莹白相间光彩，花蜜也丰盛，野蜂尤喜光顾。

深入寒葱沟约三公里，在一片朝鲜芙蕧树丛中，我搭建了一个掩蔽棚。把枝条的梢头拢在一起绑住，做成一个绿色的树条圆笼，再覆盖蒿草做简单伪装，在里面铺防寒垫，放一张小桌，摆上保温瓶和午饭，可在里面躲上一天。为了便于观察，我特意带了一架望远镜，还带了简易相机支架，想拍几张灰松鼠的照片留作纪念。

原始森林深处格外静谧，只有微风从红松林的树冠层吹过，传来低沉而持久的松涛声。当风大一点时，相互依偎的老树摇动枝干彼此摩擦，发出一声声低吟浅唱。

微风吹来一丝淡淡的榛蘑气息。在不远处的一棵椴树倒木上，刚生出头茬榛蘑。这树有二碗粗，刚倒下三年，正是有劲的时候。这个有劲是指树活着时吸收、贮存在树干内的各种营养物质尚未流失。在这棵倒木上，长满了寸把高的鲜橙色小蘑菇头。老采蘑人都知道，这种小菇蕾看似娇嫩，实则充满勃勃生机，属榛蘑中的上品。榛蘑学名蜜环菌，王老师说，长白山常见的有黄小蜜环菌、疣皮蜜环菌、梭柄蜜环菌、奥氏蜜环菌、高氏蜜环菌等十几种。蜜环菌名称的由来缘于它的颜色和特征，"蜜"指此类真菌菌盖及菌环颜色呈蜂蜜色，有的像奶白色的槐花蜜，有的像琥珀色的杏条蜜，有的像茶褐色的椴树蜜，有的像淡黄色的杂花蜜。"环"指此类真菌菌柄上均生有菌环，这是识别蜜环菌的重要特征。老百姓所说的头茬、二茬、三茬榛蘑，不是指榛蘑一茬茬生长出来，而是不同种类蜜环菌在不同的时间萌发。

王老师根据常年经验得出结论：每年的8月23日，正巧在妹妹生日这一天。是长白山头茬榛蘑的萌发期。以前总忘记妹妹的生日，现在榛蘑的生日与妹妹的生日在同一天，再不会忘记。

且慢，有动静。

瞭望孔前方传来吱的一声叫喊，一个小小黑影倏忽掠过。

我向外看，哈，一只花栗鼠人立着挺直身体，瞪圆一双黑溜溜的大眼睛盯着我看。它双腮的颊囊胀鼓鼓的塞满了松子，嘴里还叼着一束火红的枫叶，估计要带回地洞铺床用。这是个典型的小地主，在松子大收的年份里它搬运一个秋天，地洞的贮粮室里最多储存6公斤松子。因此，采松子人、獾子、野猪、熊，全都不约而同打它的主意，想办法找到和挖开它的地下仓库，打劫它积攒的存粮。

这小家伙可能是我的老熟人。春天，我曾在这块地盘上拍到一张花栗鼠的照片，当时它颈下叮着一只吸足了血的草爬子（扁虱），有豌豆粒那么大，呈深蓝紫色。它没有觉察吸血虫的叮咬，还咈咈怒叫冲我发威。

这时，前面的大枯杨上传来叽叽咕咕的声音，从树干上的洞口中，一只松鼠探出黑黑的小脑瓜儿。松鼠会选择在树杈与树干的基部，用树胶、松脂等做粘合剂粘合小树枝搭建球形巢，也会利用啄木鸟弃用的旧洞巢做窝。它们一般有十几个伪巢，最多达23个，作为临时避难所来迷惑紫貂、青鼬和各种猛禽类天敌，不让它们发现主巢。我眼前的这个树洞，是松鼠的主巢，难怪数天前松鼠妈妈跟我大动干戈。

那只身体瘦瘦的母松鼠从洞中钻出来，蟠曲着身体，大尾巴拂来拂去，冲洞细声细气叫道：咕噜噜噜，吠吠——声调温婉中透出召唤意味。噗的一下，一只小灰脑瓜冒了出来，接着灵巧的柔躯略弯，一只小松鼠便跳出来伏在树干上面。两只、三只、四只，一窝小松鼠鱼贯而出，一只跟着一只排成单行沿树干往下溜。

太阳正好，照耀在大枯杨树皮剥落的灰白树干上，纸一样光洁白皙。小松鼠遍体浅灰褐色毛皮被阳光映透，变成素净的淡泥土色。在平滑的树干上，清晰得连口鼻间闪闪烁烁的银亮针须几乎都数得清。它们利落的短脚爪轻悄移动，整个身体紧贴树干，蓬松的长尾巴像信号旗，忽而左右摆动，忽而稍稍翻翘，透露出乐陶陶的情绪。离地面还有半米高，排行第二的小松鼠已按捺不住贪玩的心情，吱啾一声轻叫，趁打头同伴侧身回望的工夫，大尾巴一摆，身体略弓，随即腾空，来了个孩子们常玩的后背跳，轻轻巧巧从打头的同伴身上跃过，棉絮般落在地面，在空地上撒丫子转圈狂奔。

另外三只小松鼠好似听到一声"开玩"的哨声，腾腾腾，纷纷蹿至地面，立马耍闹起来。有兜圈子追逐的，有厮打翻滚的，有赖在妈妈身边跳来蹦去的，像一群在游乐场疯玩的孩子。

所有哺乳动物幼仔都有自己的游乐场，而且每天都有专门的时段用来玩耍嬉戏，这种快乐的时光在条件良好的家畜群中也同样存在。可惜，只有极少数的研究者和拍摄者，能亲眼目睹野生动物幼仔玩耍时那种生气勃勃、滑稽相百出的淘气场面。我从没想到自己有这个福气，能目睹这场兴高采烈的翻滚撒欢游戏，它们快乐的戏耍中伴随着短促兴奋的欢叫，动作快得如同小小的灰色旋风，整个空地到处是它们灵活蹿跳的身影，看得我目不暇接，浑身兴奋得微微颤抖……

突然，有只松鼠脱出游戏圈，来了个快速冲刺，径奔我的掩蔽处蹿来。一条在树荫草影中变成深灰色的细长身影唰唰唰分开草丛，蹿至距我五米左右的一棵弯曲的枯树旁，纵身跳了上去，是松鼠妈妈。只见它嗖嗖几下便跑到树干上部，陡地止住身形，一动不动，抬头望向天空。这时，从远方的密林深处，传来一声高亢洪亮的鸣叫：

叮——嘎！

稍许停顿，又传来一串清朗圆润、带有柔美喉音的嘹唳，溜溜溜溜溜溜溜——

小松鼠们齐齐一震（我亦随之一震），毛蓬蓬的大尾巴闪两闪，倏忽消失不见。只剩下松鼠妈妈大头朝下、身子紧贴树干，微微侧头，凝神谛听。

那是一声带有穿透力和震撼力的宏大啼鸣，肯定出自一只大型鸟类的喉咙。

我激动得面皮微麻，嘴唇翕动，不由自主地重复那声鸣叫，想记住这个从未听过的陌生鸟叫。它一共12个音节，前两个音节"叮嘎"的"叮"，是京与叮的混音，像过春节放二踢脚的头一响，很有突发性：叮！震得地面微微一颤。第二个音节"嘎"声中透出水灵灵的"呱"音，在下压的"叮"震音发出后陡然升高八度，似某种外形圆融的响器，带着安抚意味的又柔又脆的啸声飞向高空。随后那一串脆生生嘹唳，则多少暴露了这只陌生鸟类的身份，它很像黑枕绿啄木鸟发出典型的嘭嘭嘭嘭嘭嘭——的呼唤声。很多人都有这样的经历：在山林静寂的早晨，绿啄木鸟一串亮啼忽然打破宁静，一下子把你带进古文人描述的自然情境——空山鸟语。

听得出，这只大鸟与我们相距约七八十米。

溜溜溜溜溜溜溜——

远处的密林传来了另一只鸟的应答。我再次肯定自己的判断，它与绿啄木鸟的鸣叫相似，只是多出一点刚硬，不如人家的音色娇婉清丽。绿啄木鸟的鸣叫好像把箫管浸在水中，奏鸣时流出水的柔性。

难道这是一种我从未见过的啄木鸟吗？

长白山有10种啄木鸟：大斑啄木鸟、小斑啄木鸟、白背啄木鸟、星头啄木鸟、小星头啄木鸟、黑枕绿啄木鸟、三趾啄木鸟、棕腹啄木鸟、黑啄木鸟、蚁䴕，其中星头啄木鸟和黑啄木鸟的数量非常稀少也十分罕见。

这时，松鼠妈妈叽叽连叫两声，意在示警，同时昂头望向鸟声响起的方向。这个耳聪目明的小家伙现在成了我的消息树，在突发情况下，针对对方的每一个新动向，它均做出各种机警的反应。在森林里，野生动物的视力、嗅觉和听觉远比人类敏锐得多，它肯定早已觉察出对方的声音和身影并开始采取相应动作。

果然，一只黑色鸟影出现在空中。它在墨绿色的红松树冠间忽隐忽现，朝松鼠巢所在的大枯杨树方向直线飞来。

我大吃一惊，它可真威猛！

通体漆黑如炭，无一丝杂色羽纹。身长约半米，跟苍鹰相近。随着双翅的扇动，乌黑的翅翼和身体在阳光树影间闪动着晶亮炫目的金属光泽。双翼呈宽圆钝剪刀状，尖锥般的嘴锋笔直前伸，似一柄出鞘的利刃。初看上去，它显得威风凛凛且带有凶煞之气，宛如一只在晴空下飞翔的黑色幽灵。

　　它不慌不忙地飞临大枯杨上方，几乎擦着树梢滑掠而过。我目不转睛地盯住它，不，它不是凶鸟。它的飞行很像苍鹭，稳稳当当近乎慢吞吞地扇动双翼。不同的是，苍鹭直线飞行且缩着脖子，而它似信天翁那样全身舒展。每扇动一次翅膀便滑翔一段距离，在天空留下一条舒缓从容的飞行弧线，具有天生的沉稳与大气的姿态以及不把任何事物放在眼里的领主风度。

　　鸟影掠过之后，我瞟了一眼松鼠妈妈，它竟然原地未动！奇怪，它为什么没流露出一丁点害怕的迹象？而是一直仰脖盯着那硕大的鸟影，根本没有逃跑或躲藏起来？答案只有一个：它认识这只大鸟并了解它的习性，它不属于天敌。当天敌现身时，松鼠的强烈反应我是知道的，如果来的是一只大型猛禽，它早已叽喳一声骇叫，噗噜噜蹿入隐蔽的树洞中。

　　叮——嘎——！大黑鸟一边叫一边飞过环区公路，往保护区外的林地飞去。

　　我惊呆了。它极可能是啄木鸟之王——黑啄木鸟！

　　10年前，我看过日本NHK拍摄的一部讲述黑啄木鸟生活的纪录片，还认真而匆忙地作了笔记并保存至今。片中介绍说，全日本只有五只黑啄木鸟，国家专门为它们建立了保护区……

从那天起，在我心目中，黑啄木鸟已经成为一种梦幻之鸟。

连续八九年来长白山，我从来没向当地的动物学家、保护站人员和山里人打听过这种啄木鸟，原因就在于它极为珍稀。在内心深处，我从未抱有与之相见的幻想。去年，我曾见过三趾啄木鸟和蚁䴕，但是，对于能否看见黑啄木鸟，我想都不敢想。哎呀，这种十年九不遇的幸运，怎么就让我撞上了？！

听声音，它已飞到百米之外，落在树上继续鸣叫，招呼远处的同伴。少顷，沟里又传来另一只鸟的回应。随后，第二只炭黑色大鸟缓缓飞来，沿着先前同伴的空中路线飞经大枯杨上空，去往同伴的落脚点。

哦，它们是一对夫妻。先前探路的那只是雄鸟。它觉得落脚点及周边区域很安全，才招呼爱侣前来。在许多种情深意笃的鸟类夫妇当中，夫君大都极具绅士风度。它们对妻小百般呵护，探路、觅食、护巢直至为保卫家庭献出生命。所有无私付出，全都为了幼雏和雌鸟的存活，为了种族的延续。这是雄鸟的职责和本能，与生俱来，天经地义。

它们应该是黑啄木鸟。万万没想到，我能在有生年目睹这种珍稀大鸟的高傲风姿！

黑啄木鸟飞过之后，森林十分寂静，只有红松林上方的林冠回荡着低低的风声。我静静地聆听，希望远方再次响起那颇具震撼力的鸣叫。过了好一会儿，并没有鸣声传来。我取出笔记本，趁它的鸣叫声仍在脑海回响，赶快把叫声记录下来。

少年时我经常进山打柴和采摘野果，已能识别戴胜、斑鸠、短翅树莺、白脸山雀、北红尾鸲、灰鹡鸰、金翅雀、雉、伯劳、柳莺、太平鸟等一些鸟类的鸣叫。现在年过半百，对一些鸟鸣需反复记忆，有时仍记不住，像黑头蜡嘴雀、白腹蓝鹟、鸲鹟、蓝点颏、绣眼鸟、金眶鸻、白腰草鹬等，必须连续多年复习才能记住。可是不知为什么，黑啄木鸟的叫声只听过一次便牢记心头。

顺便说一句，那年回省城过春节，大年初三凌晨，从梦中朦胧醒来，耳边忽然传来一串悠远清亮的鸟鸣：叮——嘎——，溜溜溜溜溜溜溜……

我知道，那是原始森林的呼唤！

第五课　香菇和水晶兰

　　从住处出门西行6分钟上陡坡，坡顶的小树林中有土坎儿，我把它当做自然与人世的分界，每天早上跨过那道土坎儿，便进入次生林带，再走十几分钟可进入原始林。周围鸟语花香，满目绿色，世上最纯净的空气和溪流，最美丽的野花与蘑菇，而且总觉得前面有大大小小的惊喜和未知的美丽在等着我……而每当黄昏时分迈回那道土坎儿，唉，又回到污浊的尘世。

　　进原始林上行两小时，在倒木圈旁边歇息，顺便削一个苹果梨。不经意一瞥，心头蓦然升起一片惊喜：在铺满葱绿湿润厚苔藓的倒木上，两株美丽非凡的香菇并肩而立。结实浑圆的赭红菇伞，矮胖白净的菇腿，伞帽上遍缀微微凸起的乳黄色斑点，一根微微分叉的褪色松针横卧在菇伞上，像一种不经意的点缀，别具山野味道。一缕阳光透过茂密的树冠，几块明亮光斑洒在四周，立刻换上暖调，青苔、蘑菇、松针，甚至旁边两三片枯叶，在潮湿的空气中焕发出朦朦胧胧的淡金色光晕，伞帽上的斑点像小金星闪闪烁烁……

我忍不住将鼻子凑近，停在距它三厘米处，静待一缕清香流入鼻孔。可是，除了湿朽木的气味之外，并无蘑菇的香气。奇怪，以往我嗅过各种蘑菇，肉蘑（榆耳）散发一种甜丝丝的水蜜桃气息；刺蘑（鳞伞）在淡淡的菌香中透出一丝把持有度的动物皮毛的暖气；树鸡蘑（硫磺菌）散发着好闻的青柠檬香气；黏团子（点柄粘盖牛肝菌）飘出柔和的榛子类坚果气味；老牛肝（树舌）茁壮喷发孢子时，漫逸矜持耐久的木材暗香，可形成气味场；冻蘑（亚侧耳）之香气滑润清淡，湿气侵人；榛蘑（蜜环菌）则凝聚了腐殖土的精华，森林棕壤的土味四溢……更别提灰树花和猴头蘑，我觉得应当排在长白山已知的七百多种大型菌类前两位。吸之入鼻，鲜亮浓郁的松脂香、土香、草香、花香、虫香，水气、落叶气、朽木腐气统统化做一线清溪，潺潺浸透我的五脏六腑……

正疑惑着，忽然，一股新鲜的苔藓之气袭上鼻端。细细分辨，其中还蕴含着青草芽、蚂蚁窝、湿朽木、陈年松针、隔年橡果相混杂的清香和土气。原来，这是原始林地面的气息，却不是香菇的香气。香菇是春天最早钻出青苔层的林中美味之一，可我为什么闻不到它的菌香？据说香菇只生长在橡树倒木上，我的目光沿倒木分杈寻去,有了,还有几朵长出大伞盖的香菇,已泛出涂了一层油似的含紫的肉褐色。有的被什么动物吃得只剩一个茬,有的被啃得七零八落。扫视四周翻起的泥土,不是狍子就是野猪干的。

问王老师如何才能闻到香菇的香气,答曰:"把它放在火上烘,香气就出来了。"

心头不由一震。昨夜刚读过惠特曼的《典型的日子》,老人曾在随身摘记簿上录下四行诗:

香料辗碎了,才会有香味,
香水打破了,才会有香气,
你想展现它的力量吗?
那就把熏香投到火里。

原来,香菇所以以"香"冠名,它真香。但须以炭火或太阳烘干,才能催发出它内蕴的真气。同理,要想学到真东西,须投入火样的兴趣和好奇心。

写作者都知道,气味最不好写,如何把蘑菇的气味写得传神?心里隐约有个想法:野花色泽教我用眼睛写作,鸟儿鸣啭教我用耳朵写作,蘑菇香气教我用鼻子写作。所以,不管遇见什么蘑菇，一定要用鼻子闻一闻。

五月初，猪嘴蘑（胶陀螺）、香菇、羊肚菌即已上市。香菇在世界上最早被人类驯养栽培，对癌细胞有强烈控制作用，还能降血压、血脂、预防感冒、佝偻病、治贫血、提高人体免疫力，号称菇中之王。野生香菇市价三元，可一直吃到八月末它的生长期结束。

此菇我吃过很多很多次。最难忘的一次吃香菇的经历是2008年夏末，当地挚友拿来一斤极名贵的松茸（松蕈、松口蘑）。据说在松茸萌发的前夜，采菇人要在松茸出生地搭帐篷守候，等到一颗颗菇蕾破土长大直至个头长到最大、分量最重、品质最好时才下手采摘。此菌的最佳吃法是生切片蘸辣根生吃，佐以野生干香菇菌汤，还炒一盘肉丝炒猴头蘑。干香菇菌汤的做法如下：清水与干香菇同煮，别放一丁点儿油腥，待汤变褐色后加盐和葱花出锅。结果三人聚餐松茸一扫而光，菌汤连喝五砂锅，肉丝炒猴头蘑一口未动。那两位朋友每人半斤蓝莓酒，酩酊大醉无法夜归，只好在我的沙发上过夜。

老挖参人都有一双在草丛中找出山参的锐眼，王老师有一双在落叶层里发现各种小菇的明目。满眼的陈年落叶，他怎么就用棍轻轻翻弄，再俯下身去，小心翼翼地擎起一支垂头虫草。又缓行数步，拨动杂草，眼前呈现一株娇滴滴的水晶兰。过去，我只看过长白山水晶兰的照片，登时被它那幽暗莹白，近乎透明的纤弱姿影所打动。这次不但亲眼目睹，还巧逢花期，它羞答答开放婴儿指头大小的钟形小花，花心淡淡泛蓝，环绕一圈嫩艳的黄蕊，一切都那么精细紧致，冰清玉洁，宛如自水晶胚珠孕育生发。此兰寄生于林地下的树木须根上，不产生叶绿素，故通体剔透无瑕。还有一种与它相近的植物叫松下兰，据说此兰还有淡黄色种类，色泽与质地清纯莹润，如同半透明的黄玉精心雕琢而成，疑似仙物，但愿有一天能亲眼目睹。

在观察松鼠出巢的掩蔽棚里吃过午饭，王老师去附近寻榆耳。此种菌类形似大块肉色果冻，喜生于榆树和倒木阴湿处，雨季易萌生。前些天曾采到八两多，回家洗净下锅，加小白菜、水萝卜片，滴七八滴浮油，开锅后菌块黏滑醇厚，肉味飘香，好一锅美味浓汤。

我有午睡的习惯，躺在香喷喷的草团上小睡片刻，朦胧中耳边传来簌簌簌的跑动声和叽叽啾啾的吵闹声，好像有几只小动物在掩蔽棚外面活动。

我小心翼翼地扒开棚脚的蒿草，向外面望去——

哈，原来是那窝小松鼠！

首先映入眼帘的，是几蓬快速摇摆的大尾巴，然后才看清那几个柔软灵动的灰色身影。它们在大倒木底下挤做一团，你一口我一口在争抢一些刨花似的白东西。且慢,那刨花样的东西是——哎哟,那是我削的苹果梨皮!

昨天晚饭后去市场,见小摊上有新摘的青苹果梨,这是延边的特产,个大汁多爽脆甘甜,买了二斤。今早出发前揣了两个,搭掩蔽棚累出一身汗,便削了一只梨解渴。当我打盹时,四处闲逛的小松鼠找到了丢弃在地上的梨皮,捡了个小便宜。

它们太爱吃甜东西啦!看那股子劲头,远不是活泼好动所能形容,而是忘记了一切的近乎发疯,看得我眼睛都不够用。有的用前爪捧着长拖拖的梨皮,送进吧嗒吧嗒飞速咀嚼的三瓣嘴里,梨皮像传送带源源不断,有进无回;有的叼着梨皮出出溜溜蹿到大倒木顶上,一直跑到倒木尽头,把梨皮藏到别人看不到的树木断茬下面,偷偷在那里大吃;还有两只松鼠正互相抢夺梨核,一个叼着梨核到处乱窜,一个在后头紧追不舍,追上之后嚓的一口咬住了梨核后部,双方都死不松口。咔,咬住梨核屁股的那个将后半部分咬下,马上捧在嘴边,嚓嚓嚓一顿急啃。叼着梨柄的那个想躲起来独吞,东奔西跑中竟一头扎进掩蔽棚入口,猛抬头看见我在里面,不由得一怔——刹那间,我们俩,人跟松鼠,正面相对,大眼瞪小眼,全都惊呆了!

在那一瞬,我看清了它机敏可爱的模样。

它一双朝天耳竖得笔直，耳尖已长出寸把长的笔状簇毛。一双圆鼓鼓的大眼睛像黑珍珠，由于万分惊愕瞪得大大的，在阴暗的掩蔽棚里闪动着两个亮晶晶的光点。淡灰的毛色也变成微微透蓝的深灰。由于剧烈奔跑，小小身躯因快速喘息不断起伏，仿佛能听到它咚咚咚的心跳。

那是个极其短暂的时刻，它突然身子一弓，毛蓬蓬的大尾巴像受惊的毛虫，左右急速弹动。"叽！"发出一声惊叫，丢下半个梨核掉头就跑，只一闪便消失在掩蔽棚外面。我还未从惊愕状态中恢复正常，紧接着奇事又发生了，眼前小小灰影一晃，它又突然折身返回，小贼样疾快蹿至我眼皮底下，火速伏下前半部身体，半眯缝着眼睛，现出一副挨打的神情，叼起梨核掉头一溜烟逃窜。它这个出人意料的举动，再一次令我目瞪口呆，好半天才回过神，笑了起来。整个过程大约只有短短的几秒钟，它接二连三的表演，搞得我连一点反应时间都没有。汁水淋漓的梨核诱惑实在太大，这个尝到甜头的小馋嘴无论如何都抵挡不住，只能冒着巨大危险回来夺回美食。

掩蔽棚外一片寂静。我从入口慢慢探出头，松鼠一家早已无影无踪。大倒木下面，连一小片梨皮都没剩下。受到这般惊吓，它们不会再回来了。

我在头脑里想象着：那只误闯掩蔽棚的小松鼠，此时正在某个隐蔽的角落，用松鼠的语言叽叽呱呱向家人描述着一个藏在草棚里的巨怪的丑模样，还有那怪物满身呛鼻子的古怪汗臭和烟袋油子味，说不定它现在还被呛得直皱鼻子呢！

第六课　灰树花与红蛤蟆菌

　　天上云飞云走，树影忽明忽暗。光明时数只黄鬼笔嫩黄蕈头似成熟的云杉果金黄灿灿，光暗时又似数点小灯笼烛光朦胧。一块绿茵茵的林中空地，落满了最早飘落的青楷槭秋叶，一个又圆又厚的白帽檐从又大又皱的淡橙黄色落叶下探出。再看，还有五六朵洁净的乳白色蘑菇藏在落叶下，厚伞盖、粗菇柄、敦敦实实，仿佛几只小雪兔崽，安安静静地围成大半个白圆环，正准备做游戏，形成一个蘑菇圈。正如它的名字香杏丽菇，散发扑鼻的干杏仁香气，这香气如此浓郁，采摘入篓，在空气中挪移片刻，留下一缕断断续续的香气轨迹。

　　一阵唧唧咕咕的吵闹声从山坡下传来。卧在灌木丛中下望，四五只小松鼠正围着一个圆滚滚的活东西跳跳闪闪打转。是什么使好动的小家伙们聚在一块儿？我举起望远镜很难辨清，像个隐没在草丛中的圆石头。小松鼠围着它又蹦又跳，像围着一个滚烫的大烤红薯。想吃又怕烫嘴，想走又舍不得，个个像小急猴儿。毛蓬蓬的尾巴摇来摆去，不断以各种方式从各个角度嗅探、触碰，又喷喷打着响鼻飞快退缩。

"哧！"那东西忽地一抖，发出低低的怒吼，"呼——呼——！"

哇，是只小刺猬。7月初曾见过一只，也在这附近，这种吼声挺熟悉，它也这么吼我来着。刚才这小刺猬不是抖，而是蓦地一个矮跳，刺戳过于靠近的捣蛋鬼。

呱！大家发出一声喊，四散逃开。一只小不点儿凌空翻了个筋斗，落地后嗞哇哇大哭，估计被刺猬针扎疼了。可这帮记吃不记打的小东西，转眼重又围拢来，又嗅又碰，跃跃欲试。以它们灵敏的小鼻子，肯定嗅着了一大团扎扎蓬蓬的尖刺里包裹着的香东西，那可是比蚂蚱还鲜美肥得流油的美味耶，却怎么也吃不到。也可能它们只是好奇或玩心大起，想拿刺猬寻开心。反正，观察活泼好动的小松鼠围着老成持重的刺猬急切快速地转来转去、花样百出地挑逗嬉耍，是世界上最滑稽的事情。

哈哈，不买票看小精灵们演地蹦子（注：东北二人转），不看白不看。

松鼠的小爪出奇地快速灵活，有一只又去拉那可怕的尖针。它竟然重犯刚才的错误？！哧！刺猬又连续跳上两跳。这一回众松鼠惊鸟般蹦跶，无一被刺中。那只爱冒险的小家伙快速返回，四处嗅闻。呜呜,这边挺臭,八成是屁股。瞧那边,有湿湿的黑鼻头,一双睡不醒似的眯眯眼睛。侧面,一条花白的细毛处,是暖烘烘的肚子。悄悄把小嘴巴伸过去——哗,一排长针忽地伏倒,直挺挺戳过来。小家伙反应奇快,张嘴咬去,咯嘣!利齿碰上了硬刺,看你硬还是我硬!

双方都亮出锋利武器,谁都没占到便宜。最终,刺猬明白这帮捣蛋鬼对自己毫无伤害,于是一路吼一路行,慢吞吞离去。它本来想采几朵香喷喷的蘑菇当冬天的存粮。别看这个大刺球动作缓慢,挑蘑菇却是把好手,专挑松树伞(血红铆钉菇),那可是山里最好吃的蘑菇呢。

刺猬、松鼠、鼯鼠、野猪、狍、鹿、麝和许多鸟类都喜欢吃鲜美的蘑菇。昨天还见一个灰背鸫鸟巢旁的树杈间,夹着一朵叼去一半的冻蘑。它们活动范围大,粪便中带有大量菌类孢子,可在森林里到处传播那些好蘑菇。

转到一片两百年树龄的红松橡树混交林,远远望见一棵老橡树裸露虬曲的根部,趴着一只圆拱背部的小兽,毛皮呈浅狐褐色,沉睡般一动不动——且慢,那是……

"灰树花!"

我和王老师齐声大叫。

如果说松茸、羊肚菌、黑块菌、灵芝等蘑菇是原始林的奇迹，灰树花则是奇迹中的奇迹。而且，有一种白树花在全中国仅吉林省独有，是长白山原始森林中的奇葩。

眼前这一大坨罕见的灰树花，长相颇似一棵大菜花，估计重达2.5公斤。此菌从主干基部分众多乳白色分枝，分枝再分小枝，枝顶形成小圆片状内凹的革质伞盖，菌褶形状像设计精妙的迷宫，众多浅狐褐色小菌伞似层层轻浪，簇拥荡动，在正午阳光和树影中闪烁着淡金褐色光泽。

相距两尺，一片鲜凉清透的微冷气息迎面扑至。我一怔，在那一刻，感觉面对面的不是蘑菇，而是五月间深山岩罅间一线初融的雪溪。

2005年秋来长白山，蘑菇大收。印象最深的当属灰树花。那天在山上偶遇四位采蘑菇人，其中一个叫张淑珍的妇人很能干，采了满满一背篓冻蘑外加一大筐榛蘑。见他们又饿又累，我从背包里掏出几块月饼相送。不料她从背篓上搬下一坨蘑菇回赠，说这叫柞树花，老好吃了。同行的植物学家的妻子便是蘑菇专家，她自然识得。不由喜上眉梢，悄悄嘀咕，这是一种很稀有的菌类叫灰树花。那坨蘑菇足有一公斤重，呈野兔皮毛那种淡灰褐色，正值茁嫩期，扑鼻清香胜过猴头蘑。我俩当即下山直奔饭店，一半炒肉一半做汤，大腹便便而归。那是此生第一遭品尝如此美味的山菌，印象极深。后来见央视国际频道播出新闻：英国科学家发现一种舞蕈的抗癌能力超过灵芝十几倍,未了补充一句,舞蕈即中国的灰树花。再后来搜得数册中外专著,国外学者主张,灰树花属稀有真菌,最好别吃。

现在,眼前这坨珍稀的灰树花正趋成熟的孢子喷发期,当然不能采摘。巧的是王老师又在树后发现两坨小的,于是万分小心采下一坨带回去搞栽培实验。

正午时分,是各类蝴蝶一天中最活跃的时段。它们浪荡花间,翻飞回转,一旦落在细叶百合那花蜜盈盈的橘红色花朵上,赶都赶不走。且慢,草丛中闪过一团极娇艳的光晕,多么鲜艳夺目的花啊,蝴蝶为什么不去光顾?啊,原来是一株绝顶美丽的蘑菇!

它艳若晚霞,珠光熠熠,红彤彤的菌盖上均匀分布着雪花般洁白的散碎鳞片,华美中透出高雅韵味,仿佛一颗掉落在林地上的红宝石,连周围的陈年落叶和阴暗草丛都被它的光彩照亮。

看到它的第一眼,由衷从心底里迸出一句赞叹:天底下竟有如此美丽的蘑菇!

见我呆怔怔的模样,王老师笑道:"这就是你要找的大名鼎鼎的红蛤蟆菌么。"

在最后的冰河期,古人类留下了岩画。亚洲东北部冻土带的佩格蒂麦利河岸的大型岩画群中,有表现远古神话题材的岩画:舞蹈的女人有两条发辫或两只耳坠,头上顶着一个大得出奇的蘑菇。手中拿着类似手鼓或哐啷哐啷作响的法器。她代表了古代楚克奇人崇拜的女性祖先大萨满。岩画中的蘑菇被刻画得非常大，按其形状判断，应该是红蛤蟆菌。在古人类眼中，它具有特殊含义，象征着一种人形蘑菇。俄罗斯研究者认为，这是当时远古人类的一种神人同形观念。人一旦吃了蛤蟆菌，精神将发生迷狂错乱，会被这种类人形的大蘑菇抓着头发带到阴间，它给他们看那里发生的一切，还带着他们做出种种不可思议的事情。

这种人形蛤蟆菌的舞蹈岩画，证明了西伯利亚东北边区萨满教的深远根源，蘑菇来源于土地，它充满神奇的魔力，进而变成宗教符号——象征着大地母亲，代表所有生命的源泉。北美印第安人在举行萨满仪式时同样使用此类蘑菇，使其发挥相同的作用。

蛤蟆菌是北温带森林最美丽的蘑菇之一，伞盖大如圆碟（最大直径20厘米），有金黄、橙红、橙黄、暗红、亮红等多种颜色，其中以亮红色数量最多。在灰褐色朽叶与翠绿草丛中美艳异常。鲜红发亮的伞盖上点缀着白色、淡黄色的斑状鳞片或疣状颗粒，美不胜收。国外叫它毒蝇鹅膏菌，国内叫毒蝇伞、捕蝇菌、蟾斑红毒伞。然而，决不要被它的艳丽夺目的外表所迷惑，此菌极毒，富含毒蝇碱，只尝几朵即出现中毒症状，出汗发冷抽搐、脉搏减慢、呼吸困难并出现谵妄症，产生荒诞幻觉。虽毒性巨大却并非经常致人死亡。生活在北温带森林的北美驯鹿、灰熊和松鼠有时兴致盎然地寻找并食用此菌,利用其中含有的致幻剂进入迷幻状态,获取某种兴奋和快感。我曾读过加拿大动物小说家汤·西顿的《旗尾松鼠》,灰松鼠误食蛤蟆菌上瘾,每次发作的种种亢奋表现和吸毒嗑药人员的表现非常相像。观察到这种现象,远古时代的萨满教法师们便利用此种菌类的致幻效果,作为萨满降神的辅助药物,达到迷狂忘我之境,以期与上天和阴间的神明相遇,代族人诉说烦恼和苦难,乞求神明的赐福。在北极,红蛤蟆菌在不久前还被用作麻醉剂。但是,使用这种致幻剂无异于在死亡与迷幻的钢丝上跳舞,一旦服用过量,立即丧命。

怪不得有一天,走近鬼笔群落的倒木圈时,一只松鼠忽然咕噜噜叫着蹿上大树,地上遗留下几片被它撕扯并吃剩的蘑菇碎片,经王老师辨认是褐云斑鹅膏菌。此菌有毒,食后头晕,可能有致幻效果。由于红蛤蟆菌生长在海拔千米湿冷的林缘桦树林中,低山带少见,这只松鼠便食用低山带的鹅膏菌来获取兴奋感。见此情形我不禁好笑,有一种十分美艳的蘑菇叫橘黄裸伞,人误食后神经兴奋以致狂笑狂舞。松鼠误食会有怎样的表现呢?松鼠是森林土著居民,大概不会像人类这么傻,一定会控制摄入量达到需要的效果。

远古人类生活在森林和荒野中,他们看到那些比人类早诞生数千万年的林中伙伴——熊、鹿、狍、松鼠、野猪等动物食用各种蘑菇，也学会了采食蘑菇并认识了一些给动物带来幻觉和快感的蘑菇。一些聪明的部落萨满在宗教仪式中利用蘑菇的致幻作用出现种种迷狂症状，声称神灵附体，在精神上鼓励、引导部众向对部落生存有利的方向去从事各种劳作、适时迁徙、化解争执、合理分配、避免战争等。同时由于萨满认识许多草药，在给族人下药治病前做些法事，使病人在潜意识里信任神灵，相信药到病除，自然对祛病起到积极作用，这也是人们所说的巫医。随着人类进入农耕社会，统治者将"巫"和"医"分开，巫变成神职人员，医则变成中医师。

二十多年来，我一直在思考萨满降神时所谓神灵附体的种种狂癫迷乱的失常表现。萨满也是人，他们怎么说来神就来神？！

古岩画和红蛤蟆菌帮我揭开了这个谜底。

古人类在盛夏时还利用此菌驱蝇，方法很简单：用一只浅木碗盛上牛奶，再掰几块蛤蟆菌浸在奶中，苍蝇喝奶后就会被毒死。昔日的萨满个个都是草药行家，他们发现森林中有三十多种蘑菇含毒蝇碱成分，常见的有：豹斑毒伞、白霜杯伞、花褶伞、大孢花褶伞、细网牛肝菌、黄丝盖伞等。其中花褶伞生长在马粪上，很容易得到。当然，有些植物也有同样的功效，他们便将这类植物晾干碾碎保存起来，留待冬春两季不生长蘑菇时充当替代品。可惜我对植物所知甚少，无法举例。

王老师告诉我,长白山已知的大型真菌744种,其中可食用的有340种,可药用的192种,毒蘑菇有102种……总之,人类对菌类的研究远远不够,要想彻底把海洋中的生物物种分类、命名、编目,海洋生物分类学家们要工作数个世纪才能搞清楚。真菌世界也一样,自然界中的各种真菌有95%尚未被人类知晓,可能有些种类含有治愈癌症或使人延年益寿的神奇作用。总之,蘑菇世界有无数秘密等待我们去揭晓。

第七课　秋夜·守候"戴面纱的女人"

2008年9月1日,王老师带我去二道白河河畔的原始林,这里有一块他退休后为继续研究蘑菇圈定的野生菌样地。

正行走间,高大的红松树上突然传来一声大响:

砰——咔——扑通!

一颗沉甸甸的大松塔一路磕磕碰碰,穿过密集的红松枝桠从天而降。紧接着,树上传来熟稔的咕噜噜、咕噜噜的不安叫声。

"松鼠生气了,扔松塔砸咱们呢。"王老师一边说,一边走过去捡松塔。

噗!又传来一声闷响。

这松鼠气性真大,又投下一颗"炸弹"。听声音,砸在了一株饱含水分的腐朽倒木上。我循声朝一堆横七竖八的倒木圈走去,想捡回那个松塔。

咦,那是什么?

这是一棵已倒下二十年以上的风倒木,坠落的松塔在覆遍陈年落叶和青苔的朽木砸出一个浅坑。在坑边四溅的腐叶和绿藓中,隐约露出一个乳白色的"蛋"。乍看上去,它像个比拳头还大的白皮土豆。仔细看,它比土豆干净多了,不但未沾染一星泥土而且表皮白皙光洁。难道是哪个粗心的野鸟遗失的蛋?

不对,温带森林最大的鸟类是黑鹳和秃鹫,在长白山早已杳无踪迹。再说季节也不对,谁在秋天下蛋呐?轻轻触摸,它紧绷绷的外皮似细腻的革质并有弹性。再次打量这个幽深隐秘的林中角落,这儿,那儿,还有几颗"蛋"纷纷拱出苔藓层。它们高4—7厘米,宽5—8厘米,静悄悄地安卧在碧绿的青苔和暗褐色的朽叶中,闪动着幼儿新生乳牙般湿润纯洁的光泽。

"这是鬼笔科真菌的蛋。"见我没听懂,王老师又道,"这是它们未成熟的子实体。等它们成熟时,蛋会开裂,从里面长出一株长有盔形菌盖的长菌柄真菌,有时从菌盖下长出一袭网眼状薄纱般的菌幕。这可能是短裙竹荪、也可能是包网鬼笔的蛋。再等上两三天,这些菌蛋应该长出成熟的真菌了。"

难道这是戴面纱的女人?!

早年曾读过一篇文章,印象极深:巴西雨林深处有一种奇异的菌类,它从一个白色的蛋里蹦出来,以肉眼可见的速度生长,两小时长至半米高。然后鲜橙色菌伞下发出噼噼啪啪的轻响,缓缓长出一笼精致的透孔薄纱般的钟形网裙，颤抖着罩住颀长雪白的菌柄。这时，从菌褶内发出绿宝石般的幽光，网裙也随之散发淡淡微光。同时，一股浓烈的臭气弥漫开来，吸引众多发出荧光的夜蛾和蝇类，像小幽灵似的围绕菌类散发的神秘光环舞蹈。当地土著把它叫做"戴面纱的女人"，还把它当成自然生灵之神的化身，每当它茁壮怒放时，便虔诚地围绕它祈祷。

我仔细观察眼前的这几个菌蛋，发现其中一只已裂开一条宽缝，内里有柚子肉样的莹润凝胶，隐隐闪动露滴般盈盈珠光。

心头顿时涌上一股热流，一定要亲眼看看这些蘑菇到底长什么样？神秘的热带雨林与长白山的气候条件完全不同。可是，万一温带森林里隐藏的秘密撩开面纱，戴面纱的女人在我眼前骤然绽放全部美丽，岂不是一生难求的奇景！

当天，我便在这些菌蛋旁支起帐篷，眼巴巴守候了两昼夜。然而，它们没有一点变化。第三天接到通知，要赶回省城开会，还要请人文社的老师审看刚杀青的长篇小说。没法子，只有等待明年。

第二年9月11日初黑，在淅淅沥沥的秋雨中，我开始了一年零六天之后的第二次守候。

这一次不同以往，这片区域已被一头新搬来的黑熊据为领地。6月初的一天，我沿着二道白河向林中写字台走去。突然，十几米远的树丛里传来轰的一声憨吼，短急凶暴雄壮。随即又咕咚一声大响，似重物坠地。

熊！

我立刻意识到它受到了惊吓，正在暗处全神戒备，而且有些气急败坏。在这种情况下，难以捉摸的它或者逃走，或者虚张声势驱赶侵入者，或者干脆展开攻击。

我立即蹲下，双手飞快探入挎包，一手掏出防爆催泪喷射器，一手抓出照相机。准备停当后，定睛搜索面前枝叶繁密的阴暗丛林。由于它隐蔽得极好，尽管相距很近，却根本看不到熊影。熊擅长利用周边自然环境隐藏自己，况且丛林是它的家，看不见十分正常。我吹了一声口哨跟它打招呼。岂料马上招来一串响鼻：吐噜噜噜——

声似怒马喷鼻，充满火气兼具警告恫吓意味。

在人家地盘上惹是生非，而且遭强烈抗议，后果难以预料，我立即迅速离去。

2008年松子大收，进山人多，熊被迫退至人迹罕至的深山红松林捡食松子。今年核桃和橡子大收，上山人少，熊逐渐下移到海拔800米的针阔混交林觅食。

那天遇熊的地点在我的帐篷上方一公里处。

七月初，同采蘑菇老张头结伴上山。归来时行至距住处不远的生猪屠宰场房后，忽见一头毛色青灰泛白的貉子旁若无人地从小路上穿过。看见我兴奋的样子，张老哥说："这算啥，今年在这条路上碰见两次熊了，冲我叫。这时候千万别站下瞅它，只管走你的路。"

从屠宰场淌出的暗红色污水直接流入清澈见底的头汊河，嗅觉灵敏的熊闻到血腥气，时不时来附近逛逛，想捡点剩余下货。

他说的遇熊地点，在我的帐篷下方四公里处。

今年食物丰盛，这头熊的领地大约方圆50平方公里。毫无疑问，我身处熊领地东侧的边缘地带。熊有捍卫领地的特性，它边游荡边觅食，食物多的地方会停留得久一些，估计每五六天可巡视领地一圈。还有，在我的帐篷附近生长着许多核桃楸，被风吹落的山核桃遍地铺陈。熊和人一样，十分清楚领地内那些个有吃有喝的好去处。

今夜，熊是否来此地觅食的可能性各占一半。

有位过去常打猎的朋友叮嘱：晚上在山里打小宿，一定要在帐篷前点一堆篝火，整夜不能熄灭，不管什么动物都怕火。这倒不必，我特意为此次守候购买了手提式探照灯。

这片倒木圈二十五年前由于风倒形成，面积二百平方米上下。倒下的多为百年树龄的大树，有椴、橡、杨、松、槭等树种。白天在这里见到的菌类大致有霉状奥德蘑、白毒伞、平盖灵芝、日本亮耳、脆柄菇、粉红菇、香菇、亚侧耳、烟管菌、鳞伞、皱盖光柄菇、簇生延丝伞、蒜味小菇等二十余种。

　　灯光中，这些被雨水打湿的蘑菇伞盖泛出湿凉的莹莹水光，比在阳光中更显水灵剔透。帐篷前方一米处，三颗洁白如雪的菌蛋像熟睡的小白兔，圆拱背脊静静入眠。又行数步，眼前一亮，迈出的一只脚陡然在空中僵住。前后左右，到处都有白亮亮的菌蛋反光。天呐，我陷入了一个菌蛋阵！

　　最初的惊喜过后，我数了数，一共十七个菌蛋。有的菌蛋已经破口，从里面拱出一个被厚厚凝胶物质包裹着的乳白色内核，我叫它菌芽。随着菌芽的萌发和升高，圆润的菌蛋变成饱满的水滴状，这使我联想起一种植物。

　　前年夏季，在涨水的林中池塘边，看见数株被淹没在水下的白睡莲。时值花季，一颗颗皎洁的睡莲花苞从水下升出水面，它们有的已花蕾初绽，有的从水中冒出一半，有的才露出个小尖尖角，令人不由得赞叹白睡莲顽强的美丽。眼下，这菌芽的颜色与形态像极了水中的睡莲花蕾。不过，菌蛋圆钝的顶部有厚厚的透明凝胶物。当灯光映透菌芽内核，细细看去，晶莹的凝胶物深处包裹着的浓艳欲滴的翡翠般墨绿便呈现出来。在光线折射下，那墨绿活泼泼变幻色彩，忽而转成幼芽的嫩绿，忽而化作池塘深处的青碧，忽而变成老苔的土青，忽而转作新叶的葱翠……这是真菌的孢子体，是它将要传播四方的生命种子。

且慢，旁边的一株菌芽上有什么东西在动。不光如此，一团鲜腥凉冽的臭气拂上面门。灯光移去，它比同伴略高，显然萌发时间稍早，内核里活跃的墨绿色黏稠物已从顶端溢出，颜色变深变浓，呈绿中带褐的暗青，已积漫成滩絮。那动的东西是七八条纤柔细小的小千足虫，在孢子汤中极缓慢地蠕动。我屏住呼吸，生怕鼻息惊扰它们。这小虫比常见的千足虫小很多，体色黝黑透棕红，两排细细小腿像几乎看不清的纤毛。接下来，又发现两颗长菌芽的蛋，芽尖上全都麇集着小千足虫，这分明是一群预告菌蛋绽放的小先知哦，哪颗菌蛋的子实体破壳而出，它们便逐味而来，用肉眼无法看清的口器啜吸浓稠的孢子液汁。它们排出的粪便，极可能会直接传播孢子。然而，观察了这么久，这些菌芽它们似乎只长大了一厘米，生长速度远不如"戴面纱的女人"。

反正长夜漫漫，我可以盯住它们，每半小时观察一次，看看它到底长什么样？长多快，属哪类真菌？今夜将见分晓。

雨还在下，帐篷漏雨。女儿听姑姑说我在山上整夜观察蘑菇，发来短信问候。孩子一年比一年懂事，学习从来不劳我操心，老爸的心里暖融融的。给女儿回短信时，帐篷里进来第一位访客，一只闪烁着绿宝石般美丽翅膀的夜蛾。它无声地扑打着双翅，落在我的小木桌上四处爬来爬去。

哦，不知名的美丽小蛾，谢谢你陪伴我度过这个不眠之夜。

半小时后，开始第二次巡视。跨过一棵倒木时偶然回头，晃动的探照灯光柱中，似乎有束光亮倏然掠过。举灯定睛看去，在倒木与地面的夹缝处，一株银光熠熠的鬼笔赫然怒茁！

我登时怔在原地，分明是一柱凝固的喷泉；不，一支傲立的银烛；不，一根晶莹的冰柱；不，一桩洁白的雪塑……不，它们都不能与它相比，它是有生命的，而且正在传播数不清的新生命。

足足两分钟我才回过神，细细端详：此菌高半尺余，较蜡烛略粗。乍看，菌柄通体亮银。细看，遍布数不清微小晶粒，在灯光下如同用冬天最白净的雪砂粒凝塑。菌盖盔形，有厚厚的墨绿与酱褐相混的黏液层，闪动着黑陶般的细腻柔润的光泽。菌盔鼓凸处，隐约可见黏液下面有淡乳黄色精巧的蜂巢状网格。菌盖顶部中心，绽开绿豆粒大小环绕雪白唇瓣的圆孔，表明它已完全成熟。四周的落叶层中，五个亮白如雪的菌蛋幽幽发光，仿佛拱卫着它们骄傲的夜女王。

蘑菇萌生有个诗意的传说：它们伴随着月亮的升起从地下钻出地面，和它一起长高。看来这是浪漫的想象，蘑菇逢雨夜更加蓬勃兴旺。

为了感受它的气味场，我熄灯阖眼。整个人从头到脚沉浸在一片凉冽鲜劲的臭气中。为什么用"沉浸"这个词？因为我感觉它散发的气体比空气重，宛如由无数微小水滴汇聚的湿雾，在空气中漫溢暴涨。即使有风拂过，它涟漪摇荡，依然不去。一旦置身在这种比所有单个菌类都强大的气味场中，我们不要捂鼻子或者走开。只需伫立片刻，你会觉得：原本已经十分清新的空气品质为之一变，仿佛在大热天赤身从清凉的河水中出来又进入微冷的山泉里一样，空气更加清新，散发着若有若无的凉意，微微浸润着你的脸庞。实际上，这臭味中蕴藏着鲜气，它就像长白山林区最名贵的松茸，乍一入口，竟泛出浓缩后微微发臭的松脂味道。待细品慢咂，鲜香汹涌，直透胸腹。

22时30分，暗夜中传来两声松鸦的哑叫。我立即关灯，怕惊扰人家安眠，这里是松鸦的领地。从春到夏，我与这对鸟儿曾十数次相遇。这不，身侧这株山梅花的矮枝杈上，悬挂着两串小毛杏般的椴树种子，这是小两口储备的越冬食粮。多亏老鸦友提醒，我才意识到，雨水淋湿了两肩，膝盖以下也已湿透。黑暗中四处寻找帐篷，想喝几口热咖啡驱寒。突然，满目漆黑中闪现大团微弱荧光。难道看花眼了？七八步外，分明有一个硕大浑圆、足有一人高的大菌蛋，在黑暗中一闪一闪隐隐散发荧光。我一怔，随即听到叮、叮、叮的熟悉声响。噢，是短信铃声！原来手机在帐篷里一闪一闪发亮，映透单薄的圆形帐篷，使沉迷于菌蛋世界的我误把帐篷看成了菌蛋。

那一瞬，心头充满喜悦：这是个大大的吉兆！

少年时读《普希金传》，知道他迷信，我立马跟着迷信：这吉兆预示这颗大"菌蛋"即将萌芽，而即将顶开包裹喷薄而出光彩熠熠的亮银色"鬼笔"就是我！这支诞生于原始林腐殖土中的秋夜之笔，将饱蘸菇伞上的露滴，冷杉树干溢出的松脂，树洞蜂巢里滴下的蜂蜜，笃斯越橘胀满的果汁，老山参根须间的湿水气……书写这篇悠悠长长散发山野之香的蘑菇谣曲。

回到帐篷读毕女儿发来的短信，又翻开日记本，笔下快速出现杂乱无章、我将保存一生的文字……

第八课　深夜·初识爪鲵

　　11时48分雨停，仍有大大的雨滴从叶片上滴落，周围全是滴滴答答的雨打秋叶声。哼—呼呜，哼—呼呜，呜—呜。夜森林中传来雕鸮深厚粗重拖长的鸣叫。它是原始密林中第二大的暗夜空中霸主，体长近一米，土名恨狐、横虎子即由鸣叫声拟音得来。第一大的鸮是极珍稀的毛腿渔鸮，今生我可能无缘见到。帐篷里访客渐渐增多，有苍蝇、赤眼蜂、大摇蚊、白蛾、黄蛾、地蜘蛛及各种小飞虫。外出巡看半小时，又有三颗菌蛋萌芽，三支新笔长高，平均一小时增高一厘米。同时还有五枚菌蛋拱出地面。迈步时万千小心，断不可踩坏一个娇嫩的菌蛋。

　　今夜的第二个惊喜于零时五十分来临。

　　万万没想到，原始林对我竟如此慷慨，使我亲眼目睹诞生三亿年的活化石——爪鲵！

　　第十次出去巡视时，在倒木圈东北角的倒木下，又发现了两颗新拱出地面的菌蛋。就在它们旁边,一对腿子比黑棉线还细、有多处关节的长腿蜘蛛正在跳舞。小一点儿的那位显然是雄性,它围绕着体形大得多的蜘蛛姑娘打转,舞动八根支棱八翘的小细腿,扭动着关节,笨拙滑稽又略显轻盈地跳着古怪的八爪舞(都来看啊,现代舞星们,你们脸红不红)。难道它们在深秋半夜交配?我饶有兴致地等待小两口的新婚之夜。果然,大朱女生被小朱男生不知疲倦的热辣舞蹈打动,做出一个我看不见即便看见了也永远看不懂的羞涩的默许姿态,这姿态或以肢体表达,或以气味相邀,或以蜘蛛语言暗示,或者,或者是一个娇俏的媚眼?难说。但我敢说,这只热情难挡的小蜘蛛,比太多的自私男人都强,因为它对交欢之前卿卿我我的前戏极有心得……然后它跳到了它的背上,八根细爪更加忙碌,急鼓阵阵,不住点地频繁点触对方身体的各个部分(我由衷地从心里喊一声:小朱老师,加油!),最后我的小朱老师终于美梦成真。

有的雌蜘蛛会在交配后转身把对方吃掉。我不想看下去了,况且,由于厚毛衣毛裤大部分已湿透,冻得浑身发抖。

灯光乍动,咦?倒木下面有东西!

第一眼看去,一股狂喜的浪潮涌遍全身,一只爪鲵!

我珍藏有1985年出版的《长白山西南坡野生经济动物志》。介绍了一种产自长白山的小鲵——爪鲵。从那时起,我一直渴望能亲眼见到这种珍稀的鲵类，整整盼望了25年……

2008年6月，同朋友去渴慕已久的圆池——满族传说中的仙女浴躬池，当地人也叫它小天池。那是一次感伤之行，明明在夏日的丰水期，圆池的面积却急剧缩小，从最初的池岸退缩了30米。导致池水日渐干涸的原因一目了然：周围低矮的人工落叶松树龄不足二十年，它们取代了往昔巨树参天的原始针叶林，使圆池失去了涵养水源的宝贵地下潜流……那天我唯一的收获，在岸边一个碎碗似的干土洞里，发现了两条对生的透明卵胶囊，又叫鞘袋。它约一拃长，摸上去颤颤巍巍仿佛吹弹得破，实际上十分柔韧。鞘袋内排列着墨滴般乌黑发亮的生物胚胎幼体，两条鞘袋内共有19个。这种卵囊令人联想到蛙类的卵块和卵带，但它明显不属于蛙类。小蝌蚪若发育到这么大，早已大幅扭动身体从卵块中挣脱，活泼泼入水。而它们仍休眠一样静止不动。我赶快拍照，又小心翼翼放回洞里，生怕它丢失水分。后来我把照片拿给一位老跑山的人看，他脱口而出："马蛇子，马蛇子下的蛋。"

马蛇子是丽斑麻蜥的土名，极常见。且像蛇类产白色长圆形卵，不是卵囊。我立刻联想到这可能是某种小鲵的卵囊。长白山有三种小鲵：极北小鲵、东北小鲵、爪鲵，其中东北小鲵为独有种。由于这三种小鲵极为珍稀，已被列入《中国濒危动物红皮书两栖爬行类分册》，位列珍稀物种的第二名。

小鲵现有8属30余种，仅见于亚洲东部。

后来我知道，小天池是国际小鲵界闻名的极北小鲵、东北小鲵的原产地。我还从照片上看到过极北小鲵的幼稚体，它洁白无瑕，呈现半透明体貌，恍若神物。近些年有人两次往小天池投放鱼苗，要把它变成养鱼池供游客观赏。后来发现：那些鱼在吞食小鲵的卵和幼体！

愚昧无知很可怕，急功近利加愚昧无知更加可怕！会毁掉地球上和心灵里最美好的珍宝！！！

当地人告诉我，20世纪70年代夏季，曾在小天池畔看见密密麻麻刚出壳的小鲵宝宝在水里游来游去，现在这种场面已很难见到。

眼下，由于相距仅半米，爪鲵的体貌极其清晰。它有点像幼鳄，只是嘴巴短圆，头部长着一双青蛙那样晶亮鼓突的大眼睛；浑身有厚层黏液，看上去通体油湿莹滑，这是小鲵的典型特征。它没有肺，专营皮肤呼吸，黏液所含物质尤为珍贵，在漫长的三亿年中帮助这个物种抵御各种致命细菌和病毒的侵害，一直存活到今天。

它体形浑圆略扁细长，从吻端到尾尖约16—18厘米，拖在身后的尾巴比身体还长出一截；四肢稍短，爪黑；腹面应为浅白，移动时在光影中泛出纯白；体表颜色朴实无华，呈稍淡的烟褐，并分布晦暗的深棕斑点，后肢为枝状斑纹。这是营水陆两栖生计的小家伙的隐身衣,能很好地融入地表的腐叶苍藓败草和朽木渣中。最突出的是它独有的处变不惊的气质,在雪亮的灯光下,眼睛眨都不眨,仍慢吞吞爬行,酷似蛙类的半弧形唇线两边弯翘,似挂着一丝宁静的笑意。

在我的长久注视下,它不晃不摇、不慌不乱,缓慢踏实一步步往前,沿一条无形的直线,向倒木下缝隙深处。哎,咱俩挺相像呵,我写东西既笨且慢,但懂得贴近土地,不听外界的诱惑喧哗。秋雨寒夜,我俩都独身一人,看似孤单,却知道干好营生该去什么地方且一去不回头。对了,我发现的那对卵囊不属爪鲵,爪鲵卵呈淡黄色,那可能是东北小鲵的后代。资料照片上的东北小鲵乌黑油亮,圆肥讨喜。在30余种小鲵中,爪鲵可能长得有点丑,然而在我眼中,它最可爱而且跟我挺投缘。

2时20分月亮升起,月光透过林冠,斑驳光影洒在四周。我关闭灯光,默默目送那个小小的黑影,直到看不见为止。又过10分钟,传来一串清亮明丽的鸟啼,熟悉的绿啄木鸟在鸣叫,原来它如此勤劳早起。回帐篷脱掉裤袜进睡袋。昨天上山一天,晚上负重过多加之迷路,摸索很久才找到这里。酸痛疲劳困意一并来袭,只好喝光所有咖啡硬扛,草草写下观察笔记:

一、从出芽或长出菌株的形态看,此地属白鬼笔发生地,无短裙竹荪或包网鬼笔。

二、白鬼笔的气味并非恶臭，反而具有空气清新剂作用。

三、白鬼笔成长速度每小时一厘米左右，但可能因土质及周边生长环境不同，有快有慢。

四、从去年不完整的观察看，白鬼笔群落每年大约向四周扩展一米。

3时左右沉沉睡去，6时15分醒，天已大亮。7时48分出原始林，负重行至公路旁等车。虽困倦疲惫却十分兴奋，这是我一生度过的最难忘的不眠之夜。

明年的目标已定：看到短裙竹荪和包网鬼笔；拍到极北小鲵和东北小鲵；进深山老林找温泉，看看能否在温泉边找到由于修建温泉广场被毁灭的温泉瓶尔小草……

第九课　路标故事·穿银灰坎肩的松鼠妈妈

进原始林行半里路,见小径边一株被青苔覆盖的老倒木上,并排摆着两朵连根拔起的蘑菇。还有一株蘑菇被咬了几口,弃置一旁。我见过狍子吃剩的蘑菇茬,而这株蘑菇柄上有一排小牙印,一看便知是松鼠干的。

菇盖的颜色很特别,柔软的淡肉堇色中透出越橘汁样的浓紫;菌盖呈琉璃般半透明状,长长的菇柄,根部沾满湿润黑土。采蘑人不这么干,只有研究蘑菇的专家才会连根拔出蘑菇,观察菌托、菌柄基部的形状以及残留的菌幕和菌丝,方可准确识别其种类。

同行的王老师看了看说,松鼠干的。花脸香蘑,又叫紫晶口蘑,这蘑菇好吃。

我把鼻子凑上去,一股异常浓郁的菌香立即冲入鼻腔。松鼠这精灵鬼,太会挑选好吃的蘑菇了。原来,这株倒木是松鼠的蘑菇晾晒台，它特意把新采的蘑菇放在倒木的阳面。松鼠的领地上有很多这样的晾晒台，它们把挑选出来的好蘑菇晾在树墩上、石头上，有的还穿在有尖刺的树枝上，把蘑菇晾干后再收进巢中贮存起来。

我把这株倒木叫做"蘑菇晒台"。

寒葱沟的尽头叫八里甸子，从沟门走到头约十五公里，我经常在十公里范围内活动。为了方便记忆，沿途设定了许多路标，并根据与路标有关联的特征起了名字，大致如下：

二汊头。当地人的叫法，指沟里两条溪流交汇处。

小兆头。路边一棵红松北侧树干刻有一个约四十年历史的巴掌大的兆头。裸露的木质部留有一道刀痕，纪念在此地挖到一苗野山参。

紫貂卫生间。经常在此处看见紫貂的新鲜粪便，表明它在领地内有固定的排便地点。

九孔拦路松。一株大红松倒下横拦道路，树干上留有九个黑啄木鸟凿啄的又大又深的方形孔洞。

鹪鹩巢。在此休息时，一只大胆的鹪鹩从路边倒木根盘的缝隙跳出，喳喳大叫近至身旁，将我驱离此地。

此外还有夹缝树、老仁义、二桦林、泥泞地、松鼠饮水处、打松子窝棚等路标。

每一处路标或附近地域都有故事，先讲一个松鼠饮水处的故事。

一天晌午从寒葱沟归来，与一个捡松塔的老哥同路。"咕咕咕咕——"一串短促的急鸣打断了我们的交谈，是熟悉的松鼠报警声，声似沙哑喉咙发出的喉音，四声一组。第一声"咕"正常发声，第二声"咕"跳到最高音，后两声"咕"依次急降，以低弱的第四声"咕"收尾。特别像水潭底部石缝里咕噜噜冒水的声音。此种发声具三重意义：向子女报警，宣告领地，向闯入者表示抗议。

"快，快拍呀，灰狗子！"前面的老哥急停并低声催促。

前方七八米远的树干上，一只灰松鼠摆开全神戒备的架势，双前足叉开八字，后肢俯低贴树，竖耳瞪眼，一动不动，直盯盯瞪着来犯者。同时，附近的落叶层发出哗哗大响，有小黑影四散而去。

松鼠世界的抗议或警报大致有三种级别，我个人观察，这是最低级别。而且它原地坚守七八秒不动，确属拍摄良机。但是，我放下了已举起的相机，要珍惜与老朋友的每一次邂逅。短短一瞥，见它肩部有银灰色针毛的亮光。

啊，是老熟人，那只穿银灰坎肩的松鼠妈妈。

由于这个秋天与它多次相遇，这个名字缘自上次见面。那天我在林中漫步，忽然头上落下几片碎屑。抬头看去，一只胖松鼠拱着一双小爪，捧着个大松塔飞快嗑去干透的外皮，嗑得皮屑飞扬，哔哔剥剥作响。不时从松塔夹层内衔出一粒粒松子，转到两腮的颊囊里。看松鼠如此热烈勤勉地干活，人人都会吃惊，小家伙精力真充沛，那一串串剥剥啄啄的嗑松塔声响，像哗哗喧响的小溪快速流淌。这时，一只蓝大胆（普通鸦）飘忽而来，在枝杈间上下左右飞舞，围着它打转，想抽冷子快抢一粒或捡拾一粒不慎掉落的松子。果然，一粒松子从松鼠趾爪间掉落。蓝大胆嗖地急转，大头朝下跟着下落的松子一路直追，在松子落地弹起的瞬间将它一口叼住，迅即翻身落地。奇怪，它没有把松子匆匆叼到某个小树缝或小石洞塞进去敲打，却一甩头将它丢弃一边。

  我窃笑。有个老山民说，松鼠生来是挑松子行家，只需以爪尖或齿尖在松子外壳轻轻一划，便可诊知里面的果仁是实是瘪，是否虫蛀。如果扒开松鼠埋藏松子的小坑，那些松子的外壳上个个都有一道细小的划痕。

  松鼠储存食物采用埋藏法：孜孜不倦地边采集边挖坑边埋藏，每坑埋三五粒，整个秋季在2.5平方公里面积刨上千个小坑，共埋藏三四万粒松子，储存数量远超它的食用量。剩下的松子经过约20个月的休眠期，第三年春天从腐殖层下钻出，头顶撑开两瓣的松子壳，内里一汪葱绿宛如刷子头似的红松幼芽，松鼠种树早已不是秘密。橡子大收季节,松鼠埋藏后吃剩的橡子会在第二年春天萌芽,冒出一弯形似茁壮大豆芽的幼苗,它褪去外壳,张开两瓣碧油油的巴掌,它还埋藏各种松杉椴楸及榛子等坚果。自然落地的橡子经猪拱虫蛀,平均五万粒才长出一棵橡树,松鼠埋藏后遗忘在小坑里的橡子成活率要高得多。所有的橡树、所有的松杉椴楸榛树和所有的人类都应该感激勤劳的松鼠。

山里老人讲,松鼠气性最大。如果它储存的松子被偷光,它会气得爬到树顶最高处,看准下面树枝的分杈纵身跃下,把脖子卡在树杈上自杀。

眼下,它嘴巴喷喷作声,似乎在笑话爱捡小便宜的蓝大胆。一转眼看见了我,"咕咕——"发出一声懊恼的抱怨,沿树干上行而去。明暗无定的光线照在这只灵敏的小动物身上,毛皮色调随之变幻。在暗影里深蓝中透出乌黑;升至较明亮处转成板岩灰;当云缝中透出朦胧的阳光时又变成珍珠灰;进入太阳底下又化作浅浅的土褐。偶尔能瞥见它胸腹整片的洁白毛色,随着它灵巧的攀爬闪现出道道白光。当它停在一根倾斜向上的树杈上,我看到了它的整个侧面。咦?它的后背闪动淡淡银灰色光泽,宛如青灰茸毛上覆盖一层薄薄白霜。这银灰从脊背扩展到肩部及两胁直至尾椎。时值九月,它开始换冬毛,背部出现大片浅银色披毛,这是它独有的特征。它的头颈部、四肢和尾巴呈现素雅的烟灰,再有雪白胸腹的衬托，真像穿了件熨帖合体的银灰色丝毛坎肩。

半个多月前，见它蹲在树杈间，眯着眼望了我好一会儿，忽然间张开小嘴，冲我打了个大哈欠。那天我给它起了个外号叫"小迷糊"，这回得改名叫"穿银灰坎肩的松鼠妈妈"。

众多森林动物对人类带来的工业产品的电子机械声非常反感，松鼠尤甚。它对打火机的嗒嗒声、按快门的嚓嚓声、手机短信声等非自然音响既敏感又恐惧。已经惊动了人家，就不该再次惊扰它。

"老哥，别动，让它走。"

我们目送松鼠妈妈蹿上树顶，又凌空跳到另一棵大树的侧枝，沿一根根树杈架起的空中走廊渐渐远去。

交谈中，我说起松鼠发声表达的含义。老哥说："有一种叫声你听过吗？每当傍黑时，母松鼠招呼小崽回家，那叫声漫山遍野……儿啊，闺女啊，回家吧……"

我马上动心，想亲耳聆听松鼠妈妈的呼儿唤女声。

人是感情动物，总是对可爱的有好感的付出过感情的事物有某种系挂。也许由于这个原因，我几乎每天都去寒葱沟，远远地看望这个松鼠家庭。同时希望再次看见黑啄木鸟并拍到它；还打算看一眼那只总去固定地点排便的紫貂……晚秋季节，大多数晚季蘑菇已干枯朽黑；又大又干爽的三茬榛蘑只余零零星星伞朵肥厚钻满小虫的老熟菌；偶见日本亮耳，也由美丽的绛紫转成凋零前的黄橙；只有冻蘑生生不息。此蘑学名亚侧耳，又叫元蘑、冬菇、冻菇、黄蘑，此菌性顽忍，不畏严寒，直至白雪初降的十一月，在雪中依然生长，故名冻蘑。2010年11月23日，我还在一堆朽木渣上采得三只马勃菌，回家炒了一盘菜。此菌在欧洲有别名叫狼屁。如今狼没有了，狼屁却常见。

见高高的冷杉枯干上有一串串干透蜷曲的刺蘑（尖鳞黄伞），可油炸来吃。用长竿捅下一斤多，都已风干酥脆。又转了两小时，收获二斤多好冻蘑，全是干干净净的小菇头，散发一股青苔味的水湿气。

"吱咯吱咯吱咯……"耳边传来一阵细细的类似拉锯的刮擦声。定睛一看，在短崖顶上一棵水曲柳主干的三根分杈间，盘有一个敞口的深钵形巢，用泥土混以树枝和草茎搭建。一只松鼠蹲在巢边，两个小爪掬着个山核桃正在磨牙。那是个副巢。在它头顶的横枝上，有两只松鼠在追逐嬉闹。再找找，哦，地面还有一只。这便是抢吃苹果梨皮的那四个淘气小家伙了。而且，我怀疑现在径直冲我跳跃而来的小松鼠，就是那只闯进帐篷的莽撞鬼。

它跳到崖畔，沿着明显走熟的路线，看都不看便踏上一根斜倚在崖畔的枯榆树，迈着匀整的小碎步，下到干河床残留的水潭边。此时，我俩只隔两米宽的小水潭。它从容地俯低头，连啜数口透明的潭水。水面清晰倒映出它那竖直的双耳及耳尖上两撮黝黑的簇状笔毛。我要说，从它攀枝下崖到喝完水的一连串动作中，流露出一种出自天然的顺畅与优美；而它向我张望的闪烁目光里，则透射出一种小姑娘般纯真好奇的神情。此刻，它已绕过水潭，几乎站在我面前。我完全被它给迷住了，彻底忘记了我俩之间人与动物的区别。哦，很久以前，曾有女孩用同样热烈而探询的眼神睇视过我……不知为什么，我觉得它（她）应该是个小女生，毛色整洁干净不说，举手投足隐隐带出些娴雅味道。

记不起那个罕见的片刻有多少秒？我一动不动，仿佛被它（她）的目光魔法定住，直至耳边响起一声轻叫。第二只松鼠也沿着崖畔枯木跑过来喝水，它无声地跳下来，"嗤"地一声喊，随后大尾巴摇上两摇，连蹿带跳跑开，似在邀伙伴嬉戏。这只立刻响应，连跳几步追随。跳跃中它突然在一块石头上停下，又斜瞟我一眼，才转身欢跳而去。

我认定，这第二个来的才是莽撞鬼，有贪吃贪玩特质。随后，崖畔上剩下的那两个小家伙也从枯枝上鱼贯而下，连水都来不及喝，便匆匆一阵急跑从我身边掠过，哗哗哗踏着落叶远去。矮崖下的小水潭由此得名——松鼠饮水处。

第十课　中秋之夜·林鸮天下

那天那个老哥讲的话一直回响在耳边，"……儿啊，闺女啊……回家吧……"

太想聆听松鼠妈妈那饱含母爱情意的呼唤了。于是，在中秋节的黄昏，我揣着录音笔，背着保温水壶和两块月饼，打算在森林里和松鼠一家度过这个中秋之夜。

来到松鼠领地的边缘，在林中小路旁的一棵大倒木下的落叶堆中偎个窝，等待太阳落山。

一阵微风拂过，无穷无尽的落叶沙沙声充溢耳畔，满林子落叶飘香。间或，传来一两颗大松塔的落地声。小鸟们已感到晚秋深山寒夜的湿冷与食物的匮乏，纷纷向山下或林缘移动。见到两个银喉长尾山雀、普通䴓及大山雀的混合群；一只嘀啦啦抻着哑脖子长叫的蚁鴷和四五只一小帮的绿啄木鸟；山鹡鸰飞到小镇边上的树丛中准备集群南迁；燕子偶见两三只，大群已经远徙；黄腰柳莺变成了小胖子，结伙下山为长途跋涉补充最后的能量；芦鹀在草甸上空回旋升降飞舞，兜捕空中飞虫；红胁绣眼鸟加入柳莺群中四处啄食；高高的天际，一只孤零零的苍鹭缩着脖子，稳稳当当往南飞去……鸟类大家庭的各种成员，无论候鸟、旅鸟和留鸟，全都忙忙碌碌，为了南迁和过冬大吃特吃。

秋叶的淡淡香气弥漫在空气中。杨、桦的落叶微苦，槭、椴的干叶泛甜，胡枝子和杭子梢的小圆叶散发新出炉的饼干香气，伴随着淡淡松脂气味四处飘溢。好像时间没过多久，六月初到处洋溢着的阵阵花香和湿润的绿叶气息，已经被干燥芬芳的秋叶气味代替。众多蜜蜂吸了过多花蜜，迷迷糊糊醉倒白丁香花丛的春日印象依然十分鲜活，仿佛就在昨天。可是，一下子所有烦人的小飞虫都消失了，唯有鲁莽的狗蝇突然间撞上额头。

16时许，落日隐入山梁，夕照在大红松顶尖苍翠的针叶上，展露一天中最后一抹金橙色的微笑。众多斑鸫、太平鸟、斑啄木鸟、黄喉鹀、鸲鹟、红胁蓝尾鸲等森林鸟类呼朋唤友，环绕夜宿的大树飞旋起落，渐渐安歇。暗夜的灰纱从山谷深处悄悄扩散开来，原始林的一切都停止活动，仿佛沉入浅睡眠状态。我把这个时刻称为"安祥的宁静"。这是一天里最静谧的时刻，似乎比夜森林更加安宁。

暮色渐沉。忽然，前方出现几个灰色人影，原来是盗采松子的人，每人都身背至少五十斤的鼓撑撑的口袋。看见我坐在路边，立刻吓得四散奔逃，他们误把我当做保护站的巡护人员。今年路遇盗采松子的已不下三十人次。有科学家测算：二十万粒松子落地才长成一棵大树。这四个人盗采的松子大约有两百斤。

18时，黑夜降临，一轮明月慢慢升起，阵阵寒意随夜风袭来。我打开饭盒，拿出月饼准备吃晚饭。突然背后响起一声骇人的厉叫：

嗞哇——

整个头皮唰的一下全麻。急回头看去，那怪叫又一次响起，而且连叫四五声。头一声狞厉的"嗞"是高音，像突如其来的闪电，后一声扯布似的阴惨撕裂声"哇"拉长音渐降，鬼哭一般，令人毛骨悚然。

在那里！

十米开外的一棵红松横杈上，蹲踞着一个黑沉沉毛茸茸的东西。圆形，篮球大小，是夜鸮还是豹猫？

借着明亮的月色，我死死盯住它，全神防备它的任何异动。然而，对方攻击的方向和突发性根本无法预测。接下来发生的事情让我充分领略到，在山林中面对野生动物时，人的反应多么迟钝，甚至近乎痴呆。

直到写这段文字时，我才意识到，那是一次完美的攻击。

先用连声怪叫吓懵你,再以身在明处的伙伴吸引你的注意力,然后在你无从预料的方向骤然打你个措手不及。

当晚,我遭遇的就是这种突袭。

在距我七八米的阴暗树冠层中,有根粗枝桠猛地一动,陡地蹿出一条鬼魅般的黑色鸮影,疾快无声地飘临头顶上方。在那一瞬,我来不及做任何反应,连害怕都来不及。当时只会一样,瞪大惊恐的双眼,眼睁睁看着它当头罩下。那可怖黑影似夜魔的风筝,阴风凄凄悄然无声,阔扇般的漆黑双翼遮蔽了月亮。它在我头顶三尺处收住,打个快旋,回落到左侧的树杈上。

月光清晰地勾勒出它乌黑的轮廓,身长近半米,形体圆粗,似一个大树瘤。

佯攻。我脑海中闪过一个念头。刚才那一刻,整个人毫无反应,如同被绑紧的牲口,对方可以用任何方式在任何部位下手。

稍稍回过神,第二轮攻击又至。它直扑到距我头顶一尺处,才猛地凌空敛翅,疾旋一周而去。刹那间,我嗅到了它身上毛羽间散溢的腥气。虽属佯攻,但比上次凌厉。

可能还有下一次!下一次那锋利的铁钩爪恐怕会抓开我的头皮!!

我起身撒腿就跑,来不及收拾背包和杂物。护巢的猫头鹰攻击人时往往直取人的面部和双眼,后果不堪设想。

猛跑了一阵后,我放缓脚步,小偷似的尽量不发出任何声音悄声疾走。还好,它没有乘胜追击。走出一里路之后,紧张的心情才放松下来。这时,一轮圆月已升至半空,整个山林沐浴在银色的月光下。小路两旁的枯草丛和落叶层中,不时有簌簌奔窜的响动。今年收山。蘑菇、核桃、松子、越橘、蓝靛果、榛子、五味子,只有托盘(悬钩子果实)和软枣子(野生猕猴桃)不收。收山年份一到,林蛙、松鼠、花栗鼠、花尾榛鸡、星鸦及各种小型啮齿类动物像棕背䶄、红背䶄、林姬鼠、沼泽田鼠、黑线姬鼠等数量猛增。它们的天敌——各种猛禽和鼬科动物数量也随之大增。长白山是各种鸮类的大本营,大约有14种,从最大的褐渔鸮到最小的红角鸮。刚才对我发火的那一对从个头和身高看,是长尾林鸮,这种鸮在长白山分布数量远大于其他鸮类。它们大量捕杀各种专吃林木种子的鼠类,辅助食物为大型害虫如蝼蛄及虻蝇科昆虫;此外还有少量蛙类及体质较差易于捕捉的小鸟,偶尔追捕老弱病残的松鼠和花尾榛鸡。这种淘汰法则从客观上维护了松鼠和榛鸡的种群健康。

第二天我重回昨晚鸮影现身地点,取回丢在那儿的背包。见两株高高的红松树冠顶端,各有一个大大的碟形蓬松巢盘。看来,这里是这对夜鸮的家域。白天还好,它们一般躲在树杈上休息。到了夜晚,这一带便成了人家的天下。松鼠们自然知道这里住着一对可怕的邻居,在夜晚来临前早早回到巢中安歇,避免和天敌照面。我哪里知道这些森林中的无形规则,破了人家定下的规矩该当受罚。

第十一课　原始林地·蘑菇世界的真谛

　　生长灰树花的那片森林是一座橡树红松混生林，全是遮天蔽日树龄在两百年的大树。人仿佛置身于树木巨人的世界，肃穆、宁静、阴凉、疏朗。林下杂木、灌丛稀少，走起来省力，目光能望出很远。哗啦一声轻响，两只狍子的暗黄身影窜进林深处，白屁股像白灯似的闪闪远去。眼前出现一个小水洼，四周的淤泥滩遍布狍子纤秀的双蹄瓣足迹。近前细看，淤泥上有几处被蹄子刨开的泥痕，黑色湿泥中，零星散落着刚磕开的松子壳和完整的松子。

　　哦，这是狍子无意中暴露的一个小小的食性秘密：它们来小水洼喝水，喝完水顺便偷几粒松鼠埋藏的松子。这几处刨开的浅坑中都有松子壳，可看出狍子的嗅觉多么灵敏，松子的松香又何其浓郁。水涨水消，淤泥把松子封盖得严严实实，不留一丝缝隙，还是被狍子循着气味准确地一一找到。

　　森林里蕴藏着多少这样大大小小的秘密呵？那么，蘑菇世界呢？

再往密林深处，落叶层越来越厚，多年沉积达四五厘米至八九厘米。林地上开始出现一行行一列列笔直整齐的矮树和幼树。奇怪，是谁走这么远钻进深山老林里种树植树呢？

王老师拨开树下的浅落叶层，露出一长条矮矮的深黑褐色垄台。抓一把土揉捻，原来是潮乎乎的朽木渣粉。树木种子无法在年年累积的落叶层上生根发芽，只好在腐朽成渣的倒木上扎根生长。

我灵机一动，请王老师带我找一棵老倒木。

这是一棵三百年树龄的老橡树倒木，巨大、黝黑、死气沉沉。外部的树皮和木质部已一层层剥落、腐朽，留下一道道深深浅浅的沟壑。青苔群落的形状像活的生物，条缕成片地沿树身上部极缓慢向下蔓延。一团团蕈蚋在秋阳中轻盈旋舞，仿佛从树身裂缝冒出的一缕缕金色烟雾，给这个阴沉沉的物体带来一丝活气。

王老师52岁的那年春天，山上刮了一场大风。大风过后，王老师看见它倒下了，至今已过去了10年。当我提出要找一棵橡树倒木，实地观察菌类对倒木的分解作用，王老师把我领到这棵他最熟悉的倒木身边。

年轻时每当我看见倒木，会觉得那是一曲感伤的挽歌。如今认识大变，它是无数生命的摇篮。

看见它的第一眼，我脑海中闪过一个念头：一定要和它交个朋友，年年都来看望它，在它身边坐一坐，数数它身上又长出哪些小树苗？又新搬来哪些小房客？新长出哪些蘑菇？野猪和獾子是否曾来这里觅食？白眉鸫和黄喉鸫是否在倒木树冠零乱的枯枝中搭窝？

森林中的一棵大树倒下，对它周围大大小小的动植物是件大事。它在繁密的林冠中开了个天窗，平时郁闭在阴暗中的幼树们得到光照，笑呵呵抬头向阳。同时这里也多出一片林中空地，来这儿晒太阳的野猪和狍子，还能利用倒木的遮蔽找个放心的过夜之地。各种昆虫和小型啮齿动物们，在这里找到了新的栖身之所，尽管它们许多是有害的，却是森林食物链的一部分。它还是各种草木生根发芽的温床，林木种子落在厚厚的落叶层上，因无法接触土壤会发生干粉或霉变，却能在腐木上生长。

当然，我最关心倒木上生长的各种木腐菌。

森林参与分解倒木有以下几种力量：虫蛀鼠咬，风雨剥蚀，苔藓消解，大型动物翻掘觅食，草木依附生长，真菌分解。其中，真菌起到了最主要的作用。

这天在倒木上记录的菌类有：七个较大的木蹄层孔菌/多簇黑盘菌/皱盖光柄菇/苔藓小菇/晚季小菇/硫磺菌/香菇/簇生延丝伞/齿菌微皮伞/黄小蜜环菌/铦囊蘑/轮纹韧革菌/囊孔菌/卧孔菌/云芝/肉色栓菌/韧革菌/炭球菌/安络小皮伞及两种粘菌。

橡树倒下后第一年生胶陀螺（此菌有微毒，抗癌，用碱水洗泡后凉拌是一道美味，食用以半斤为限）；生两年胶陀螺后，第三年生香菇和榆耳；第四年生冻蘑、榛蘑；冻蘑可连出三四年，香菇则零零落落出五六年。王老师曾连续几年在这棵倒木上采收冻蘑，最好的年份曾一次采上百斤。在出冻蘑的同时，香菇转至树冠部分的枯枝上生长。倒下七八年后，橡树的树皮脱落，树身也没劲了。这个"没劲"指的是树身糖分等营养物质已被那些蘑菇吸收，所以橡树上生长的蘑菇最好吃。八年后，倒木上开始生长各种木腐菌、苔藓、地衣等，进入加速腐朽阶段，以上列出的22种菌类大多属木腐菌类。50年后，这棵倒木基本分解，树身上生长一排蓬勃整齐的幼树。现在这棵倒木上，已生长出山茄子、九重楼、白花碎米荠、草芍药及禾本科植物；灌木有东北茶藨子、疣枝卫矛、刺五加等；幼树植株有椴、桦、落叶松和云杉。无疑，经过一个世纪的竞争，那株高不及一拃碧葱葱墩实实的云杉将成为这片空地的主人。

蘑菇世界展示的秘密令我惊喜，这就是我苦苦找寻的森林真谛。

山里春季多风，一场大风过后会有许多老树倒下，尤其过熟林中风倒树更多。心疼之余，仔细察看每一棵倒树，发现它们的根部、内部或下部都有根腐和枯朽情况,而且都有菌类侵蚀的痕迹。在健康年轻的树木身上,木腐菌根本无法立足。它们专门挑选老朽孱弱的活立木、枯木、倒木、残桩建立新的群落,开始缓慢的腐蚀分解过程,最终把它们逐渐清除。这样便给松鼠、星鸦等动物播种的新生树苗腾出地方,森林自身完成了新老更替。

蘑菇还会给病树动手术治病,这是它们的又一神奇之处:在原始林,经常能见到有些正值盛年的树木的侧干或旁枝或分杈上生长菌类,原来那地方大片染病和出现病灶,遭到真菌侵蚀。这是个漫长的剥离手术,菌类会慢慢把生病部分腐化干朽剔除,使健康机体摆脱坏死部分,继续茁壮成长。

秋叶,秋叶,无尽的秋叶。这是深秋原始林中的特色。梭罗曾在他的笔记中写道:"踩在这些新鲜、薄脆与沙沙作响的叶子上,是多么的令人欢愉……树叶完成它们的生命之旅!它们曾经在高处飘摇,现在心满意足地回归尘土,平躺在地面,宿命地在树根旁安眠与腐朽,馈赠下一代同胞以营养……所有的橡、槭、栗与桦的叶子,都混在一起!都准备奉献一叶之宽,增厚一寸之土。我们因它们的腐朽而更加丰饶。"

他提到的"我们因它们的腐朽而更加丰饶"。背后隐藏着蘑菇的功劳。翻开林中厚厚的落叶层,会看见白色、橙色、黄色的缕缕菌丝，像密网一样丝丝络络缠绕覆盖在下层腐叶朽枝的表面。菌丝是蘑菇的地下之根，是大型真菌的常态形象，也是分解森林落叶层的最大功臣。林木的落叶是森林土壤有机质最经常也是最大量的来源，将它们分解消化之后才能增加土壤肥力，营养物质才能被植物吸收利用。土壤中的真菌、细菌和放射菌，在变形虫根足虫类、滴虫类及蚯蚓等土壤生物的共同参与下，昼夜不停分解腐化枯枝败叶。菌类的地下菌丝是效率很高的清洁工，把植物上脱落的废物转化为肥沃湿润的腐殖质，成为新生植物的营养基。

老话讲：长白山三件宝，人参貂皮鹿茸角。实际上，我居住的长白山北坡还有两宗宝，一个是昔日珍珠门河口所产东珠，一个是两江附近金银壁的产金地。如今珠蚌灭绝，金矿枯竭，三件宝也日渐珍稀。当第一次看见裹在苔藓包里新采挖的野生山参时，立即为它飘逸灵动的舞蹈造型赞叹不已。野山参形态上有很多好听的俗名：跨海、龙爪、金蟾、闹虾、狼头、公鸡、双胎、凤头等，虽无缘得见，但可据名联想。唯独眼前这苗舞蹈参，其姿态的舒展曼妙，恰似一个跳飞天之舞的窈窕女郎。再细细端详，发现它从芦头到全身到每一根细小的根须上，长满黍颗大小微带光泽的圆粒。老挖参人告诉我，这叫"珍珠疙瘩"，这苗参有六十岁左右。

那天看了五苗参,有四苗长有这种珍珠疙瘩,一苗没长。挖参人说,两苗一样大的山参,长珍珠疙瘩的比没长的分量重1/3,营养物质多2/5。他没法解释其中的道理,只是说:挖参时扒开黝黑油润的腐殖土,总能看见地下山参丝丝相连的细长根须四周,有许多或细线或绒绺的白色絮状物,这种絮状粘挂在山参的根须上,深入并融进黑土中,渐渐消散无形。

多年来,在我心中,野山参上的珍珠疙瘩一直是个谜团。

有一天在倒木上小憩,我向王老师问起这个野山参之谜。

王老师没正面回答,而是反问我:"你知道我们脚下的土壤里有什么吗?"

这个我知道:土壤基本是粉碎的岩石微屑和腐殖质的混合物。一把泥土中有七亿个细菌;比细菌略大的三种单细胞原生动物,包括五百六十个纤毛虫、四万二千只变形虫、九十万条鞭毛虫,它们以细菌为食,自身又被较大一些的上千只的线虫、螨、原尾虫(原始的跳虫和缨尾虫)吞噬。此外,还有众多以原尾虫为食的小蜘蛛,会飞的昆虫的幼虫和若干蚯蚓、蚂蚁等。

这时,王老师说出一句令我震惊的话:"原始林地下到处都分布着真菌的菌丝,菌丝体才是真菌,蘑菇是真菌的繁殖形式。这些菌丝和你说的那些土壤微生物、小动物们一起,组成了一个复杂庞大的地下生命之网。"

"菌丝体好像和树木有关？"我有些不确定。

"对，菌丝与树木等各种植物的根须形成菌根，这样的菌类叫菌根菌。它们帮助树根吸收水分和各种营养物质，同时从树根上吸取一点含糖的树液当养料，与树木共生共荣，是森林繁盛的大功臣。"

在关键处指点迷津，这才是良师益友。我知道，王老师在告诉我一个蘑菇世界的最大真谛。

去年在林中漫游时，我多了一个新习惯：喜欢在一个地方久坐不动，一边聆听森林中的各种音响，一边深思大自然种种奇妙的事情。菌丝在树木地下无数最小的根须上缠绕扩展生发，起到了根毛作用，大幅增加树根面积的深度密度和广度，增加树苗成活率和抗病抗旱能力，而且从小到大都将与之相伴。从热带森林到温带森林，有数不清的菌类属菌根菌。它们与绝大多数乔灌木或其他高等植物的根系有着共生关系。菌根可同化土壤中的含氮物质，把氮素转给植物。当森林土壤中的氮、磷、钾等元素低于适宜含量时，幼苗幼树的菌根高度发展，吸收的以上元素数倍于不具菌根的幼小植物；而植物短根愈多，菌根愈发达，苗木生长愈高，总重量愈大。即使菌根死亡，菌丝体分解，仍释放出营养物供树根吸收。

温带森林的蘑菇春生冬逝，生命短暂。但菌根在地下年年萌发、代代兴旺。

由于菌根生长期与植物根茎活动期同步，因此对森林发育成长有重大促进作用。当有些蘑菇发育成熟时，菌褶两侧或菌管内壁上的子实层也开始成熟，从担子上向外弹射孢子。还有的菌类孢子的传播要借外力帮忙。于是轻风和雨水、蕈甲和蕈蚋等各种昆虫，还有松鼠、野猪、刺猬、鼯鼠、熊、狍及许多鸟类，纷纷传播蘑菇的孢子，这是大地母亲多么巧妙的安排。

当然，珍珠疙瘩之谜也迎刃而解，它们是菌根菌与山参根须的连接点，有十几种菌类可与野山参形成菌根菌。

原始森林里蕴藏太多神奇、太多奥秘，唉，我只读到她一个隐秘而温存的唇语。

25亿年前，地球上诞生了最早的真菌与藻类，两者结合生成苔藓和地衣。它们依附在石头上汲取营养生长，慢慢把石头表层碎化成微小颗粒，制造出地球原始土壤。经过近20亿年的累积，这种土壤形成的土地迎来了5亿年前地球上诞生的第一批裸子植物。同样是苔藓和地衣，还帮助5亿年前从海洋登上陆地的第一批节肢动物站稳脚跟，为它们提供巢窝、藏身之处和食物，使节肢动物逐步征服陆地。后来，节肢动物进化为形形色色的昆虫，它们与各种开花植物互惠互利，构成了大陆上繁荣的绿色地貌。所有的陆地植物与海洋中的矽藻一起释放氧气，使地球形成24%以上氧气浓度的大气层，各种动物拥有了生存的有氧环境。随后，这种由各种植物组成的丰饶大地，又迎接并养育了陆续从海洋登上陆地的动物。众所周知，有些小型恐龙进化成了鸟类；而众多哺乳动物中的灵长类，最终成为人类的祖先。

今年，是我来长白山的第五年，觉得自己的创作开始"上路"。这个"上路"指的是体验与阅读之后的一种思考：原始森林自身充满勃勃生机，如果人类不去打扰，在自然环境中不断演变的无数动植物的不同个体之间、不同种群之间，无论多么微小或巨大，它们之间都存在着动态的、互惠的、积极的、相互依赖的共生哲学；这是一种在生生不息的生态进化中顽强生存，以繁衍更加健康的后代为终极目的的朴素真理。人活着都会寻求活着的理由，思考各自的人生意义和在社会中的价值。在原始森林中，我要寻求我们的兄弟物种——数不胜数的野生生命在地球上存在的意义和价值。中国如果有一万个作家在探求人生的真谛，那我这第一万零一个作家，要执拗专一地、百折不回地探求构成原始森林的那些千姿百态的野生生命的生存真谛。

第十二课　蘑菇宝盒·菌香秘语

去年深秋,我把七八种香气浓郁的干蘑菇放进一个大茶叶盒。回省城过春节时伏案写作,把它放在书桌上。文思滞涩时打开盒盖,深深嗅吸盒内散发的气味,可提神醒脑,更能唤回秋天的林中记忆。

茶叶筒里有对子蘑(榆干离褶伞)、斑玉蕈、松乳菇、珊瑚猴头蘑、绣球蕈、蚁巢菌(鸡纵菌),我还特意加进两根白鬼笔的干菌柄用来调味,土法制造出一个菌香宝盒,每当打开盒盖,一缕轻烟般难以描绘的醇厚经典菌香在充满陈年书香的空气中轻缓缭绕……

两朵对子蘑是初秋时在一个老榆树窟窿里偶然觅得。浅闻深嗅,嫩榆钱滑润明快的叶香中杂糅进冒浆青玉米新爽气息。斑玉蕈是两棵菇蕾,长在一棵斜倒朽木的苍苔中,凑近去闻,一团海浪飞沫溅落鼻畔,海之鲜气衬托出烹蟹之香,难怪它又叫蟹味菇。在有露水的清晨采摘松乳菇别具滋味，露珠的沁凉夹带松脂香味飘入鼻孔浸入胸腔，满腹雨中松杉林独有的水盈盈幽香。珊瑚猴头长在水色木（假色槭）上，与极名贵的猴头蘑同属。除了灰树花，其菌香在菌类中名列第二。23岁那年来长白山曾撷得一捧，如获至宝。晚上放在枕边，总有在夏日黄昏浸水草地的芬芳与淤泥湿气在睡梦中缭绕，那种感受至今难忘。干爽酥透的绣球蕈水香不再，变了个人似的发出桂皮与榛子仁相混杂的馥郁香味。蚁巢菌凉滑沁人，喜生在蚁冢的陈年针叶和朽木残渣中。一直以为云南才有此菌，经王老师指点，十分惊喜，不由得埋头于蘑菇丛中，整个人一下子被盛满捂熟的山梨瓦盆升腾的暖甜果香笼罩，直到脸上遭红林蚁螯刺才抬起头来。茶叶盒里还有一片白树花菌瓣，它只生长在大橡树裸露地面的粗树根左右。相距三尺，一汪飘浮着秋叶的山泉凉气扑面而来，清凉中充满久蓄在三百年老橡树树身深处的木瘤油那种浓得化不开的橡木香。把白鬼笔菌柄采回后晾在窗台上，纱窗外野蝇麇集，是它暗播的腥鲜气味招来了小食客。干透后余味犹存，加在其他山珍中间，如同以麝香做醒脑开窍的药引子，香气反倒更加浓稠绵长。

　　在野外，夏日的短暂雷雨过后，阳光灿烂，湿淋淋的青草绿叶闪闪发亮，雨滴在花朵上颤颤生光。空气陡然无比清新，弥漫着湿润泥土的芳香。马匹嘶鸣，公鸡高唱，狗儿撒欢，老牛哞叫，它们都感到一种莫名的愉悦与欢欣，自然而然焕发出生命活力。每次闻过林中蘑菇和茶叶盒中的干蘑香气之后，我的感受与它们一样。这是汇聚了地之精华，树之真髓，泉之神韵的秋季山野的美妙气息。

人离开土地不能活，离开了植物不能活，离开了水不能活，离开了空气不能活；同样，离开了芳香的气息也不能活。

记得在一个早秋的清晨，我走在小雨过后的林间小路上。走入一片洼地，偶然俯身观看一朵从头到脚呈象牙色的鳞柄白毒伞。这种洁白无瑕的蘑菇看似美丽却剧毒无比，儿童小拇指大的一朵可毒死一个壮汉。当弯下腰时，立刻有了一个新奇的发现：林中的空气竟然在我齐胸处，分成林下和林上两层完全不同的气息。上层是清冷新鲜带有树叶气息并飘浮着无数微小雾珠水气充盈的雨后空气；下层是充满落叶青苔碎朽木残渣腐殖土和蘑菇气息的暖湿林地潮气。一阵惊喜涌上心头，我不停下蹲、起来，反复体验这种奇妙的感觉。这种现象的产生，是雨后的冷气下压，正巧与上升的地气相遇，两者在距地面一米处交汇，形成上下两层不同温度、不同气息的空气层。相比之下，我更喜欢下层的地气，其中蘑菇的气味十分鲜明。经一夜萌动滋生，各种蘑菇纷纷拱出地面，它们散发的菌香被上层秋雨带来的凉气压抑，无法向上扩散。源源不断的菌香宛如一层可掬可舀的雾气，贴着地面缓缓弥漫开去，渐渐掩盖了腐殖土的气息。

我把这种刻骨铭心的森林体验叫做自然奇迹。每当此时，我无比感激自然万物，感激它们在亿万年进化长河付出的漫长艰辛的适应过程，无比感激自然科学家和自然作家，他们的著作滋养和指引我每一步走得更坚定有力。无比感激热爱森林的父母对我从小到大潜移默化的影响，使我最终选定了生态写作的道路……我木讷笨拙且已过黄金年龄，但又无比幸运，至少还能在森林中游历十年，写上十年。

对了，茶叶筒里还有一朵林地花脸蘑，学名粉紫香蘑。干品气味很浓，有甜丝丝的橡果味。

2010年9月，同王老师一道去险桥。刚进暗针叶林林缘的杨桦林，四下张望，各种蘑菇像躲藏在落叶草丛中五颜六色的宝石，闪动着润泽的微光。有白银盘、象牙白蜡伞、粉褶菌、金褐伞、平菇、绣球蕈、黄毒蝇鹅膏菌、尖顶地星、粘盖牛肝菌等许多美丽的蘑菇。

那天最吸引我的是一环又一环由淡紫色蘑菇和乳白色蘑菇形成的蘑菇圈。乳白色蘑菇叫烟云杯伞，有柔和的干朽木气味。淡紫色蘑菇就是粉紫香蘑，色泽有藕粉色或丁香紫色或淡肉堇色。蹲下闻闻，一丝淡香幽悄入鼻。咦，这气味仿佛很久以前在我的生活里出现过，那么熟悉又那么遥远……我索性趴在地上深长一嗅，一股馨香猛地闯入心底，记忆深处一道尘封已久的门蓦然开启……这气味太亲切太熟悉了！

35年前，我在生产队当副队长。那年开春队委会决定种10亩小麦，过年分给社员家包饺子。冬初时领5个社员去磨米房磨稻子给社员当口粮，白天黑夜连轴转，足足磨了七天七夜，浑身都是稻糠，人都快熬垮了。最后一天磨那10亩地收获的小麦，当热乎乎的新面粉从磨面机里流淌出来，一股令人愉悦……不，哪是愉悦，而是令人"振奋"的小麦粉香气满屋飘荡。那时候一年到头见不着白面，人都馋疯了。当时人人喜上眉梢，空气中都洋溢着过年的喜庆气氛。见大家高兴期盼的劲头，我心头一热，冒着被撤职的危险，擅自决定称出十斤新面让房东大嫂发面蒸馒头。第二天馒头出锅，捧着雪白的大馒头一口咬下去，一下子香到心里，我一口气吃了五个。那天装车的人都疯了似的有使不完的力气……唉，蘑菇的香气唤起了我青春时代那难以忘怀的温暖记忆。

我小心采下两朵粉嫩嫩的蘑菇，一朵放入标本盒，一朵拿在手中，不时在鼻端嗅闻。突然，走在前面的王老师停下脚步，"野蜂窝！"

我登时打了个冷战。前几天遭挂在树枝上蜂巢中的草蜂（虎头蜂）螫刺，火辣辣疼。第二天右手肿成一个大馒头，几乎难以握笔。

急抬头看去,大吃一惊:地雷蜂!

地雷蜂是一种地居蜂,筑巢于地下,体圆多毛,个体较大且作战凶猛,常集群攻击入侵者。少年时曾触怒过一窝地雷蜂,当时被闷雷般轰鸣的蜂群包围,眨眼间头部被同时螫刺五处,就像被烧红的缝衣针刺中,灼痛难当。

前面的王老师显然不知此蜂厉害,竟无走避举动,反倒小声说道:"你看,蜂窝刚被蜜狗掏过。"说着往旁边让一步,"好好看看,这事以后对你写作有用。"

前方五六米处,一束穿透树冠的午后橙黄色阳光中,有缭绕旋飞的金色光团。十几只野蜂快速飞舞,发出愤怒的嗡鸣,似在搜寻天敌。在一株榆树根部的地巢已被掘开一个坑洞,新土散落四周。蜜狗又叫黄喉貂,学名青鼬,身形比中型细犬略小,属凶狠机敏的食肉动物,能猎杀原麝和半大狍子。由于它倚仗毛粗皮厚,常上树或掘地侵犯蜂巢盗蜜,俗称蜜狗。这次它掘开地面向深处掏挖时,被地下交错的粗树根阻挡,只好半途放弃。看样子,它刚离开不久。

正欲拍照,忽见一个小光团陡地拔高,径直向我冲来。王老师没动,我亦不能跑,当时唯一的反应是不能让它近身。情急之下,只得将指缝间夹着的蘑菇朝它掷去。

蘑菇划了个弧线从野蜂身边掠过,穿过旋舞的蜂团,落在被损毁的蜂穴旁。蜂团嗡的一声炸了营,狂飞乱舞。

"天哪,闯大祸啦,快跑!"

我撒腿便跑。真难为61岁的王老师了,被我的恐惧情绪感染,也随我开跑。跑出十多米,未见野蜂追来。喘息稍定,发觉镜头盖不见了。前几天为躲避草蜂螯刺,已跑丢一个。这个是500长焦的镜头盖,丢了实在心疼。没法子,脱下厚迷彩服裹在头上,战战兢兢重回凶险之地。在我眼里,蜂巢无异于虎穴狼窝。

奇怪,太奇怪了!蜂巢坑洞四周异常安静,无一丝愠怒嗡鸣,无一只飞舞蜂影。前后不超过五分钟,那些可怕的怒蜂都哪去了?

果然,镜头盖遗落在地上。我壮着胆子挪蹭过去,一边盯住蜂巢洞,一边俯身够回镜头盖。蜂巢四周依然十分安静,那朵粉紫香蘑在坑洞内,离树根夹缝中的洞口只有十几厘米。由于摘下已有一段时间,它的颜色从当初的浅丁香色褪变为污白褐色。然而它香气依旧,可隐约闻到一丝特有的柔和的新小麦粉味道。

为弄清楚地雷蜂莫名息怒的谜团,不死心的我又用外衣把头脸包缠一番,硬着头皮爬行靠近蜂巢——啊,野蜂还在!只不过一个个或安静地趴在地上或缓缓在洞口内外进出。总之,在我的印象中,它们仿佛中了一道神奇的咒语。陡然收起杀心,安静下来。

粉紫香蘑的气味清晰可辨。难道,是蘑菇的奇妙香气安抚了它们躁动的情绪？！

这神奇的咒语绝不是蜂王的命令，而是森林中无数自然的灵咒秘语之一。蜜蜂具有感知花蜜与花香的灵敏嗅觉，这道神奇的咒语只能是粉紫香蘑那奇妙的香气，众多野蜂感受到了菌香的魔力。

我索性甩开畏惧站了起来，招呼王老师来观看这个自然奇迹。这个资深专家也连连称奇同时肯定了我的猜测。

蘑菇太神奇：能让人癫狂，也能使野蜂镇静；能治病救人，也能促进森林繁盛；难怪有人把美丽的蘑菇圈叫林中仙女的圆环。

去年雨水多，最多只晴三天便下雨，蚊虫小咬大量滋生。往年拍摄蘑菇，按快门时手背上叮三四个蚊虫是常事。今年它们格外疯狂，按快门时手背落一层黑乎乎的蚊虫。入秋后蚊虫体色转成黑褐，像小魔鬼营营营径直飞来，落下就叮，下口凶狠，让我吃尽了苦头。

有一天王老师蹲下找垂头虫草菌，顺手捻来两朵纤细的小菇，"给，蒜味小菇，抹在身上能驱蚊子。"

结果，那天不但把烦人的蚊虫赶跑了，晚餐还用蒜味小菇炝锅，炒了一个美味牛肝菌加嫩里脊片。此菌欧洲叫黑人头牛肝菌，馋嘴的人认为它是牛肝菌中的极品。可食用牛肝菌的典型气味是榛子、核桃等坚果香气。这种蘑菇在坚果味的基调中焕发出泥土的芬芳。

第十三课　秋末·松鼠战林鸮

进寒葱沟三公里左转三百米，在原始红松林深处，有一个打松塔团伙的宿营地。一个宽大的棚屋支架，两铺可睡三十人的对面长炕，灶台、烟囱、厕所，还剩下一垛两立方米的劈柴。四周照例遗弃着这类旧营地特有的破衣烂衫、碎碗漏盆及堆积如山的松塔屑。十年来，长白山保护区及周边连续大规模进山打松塔创收，每年约十万人次，广袤的原始林和人工林中到处都有这类营地残留。深山里还有从树上掉下摔死就地掩埋的民工坟茔。这类坟墓用木刻楞垒砌，像一座座低矮的木塔。

用半天时间收拾垃圾，在柴垛一角辟出我的第二个林中写字台（第一个在二道白河边蛇谷附近）。每天带上午饭沿林中小路到这里"上班"。一个月后，天愈来愈凉，几天前下了第一场雪，正午时分才能坐下写字，余下时间林中漫步。

秋末冬初的原始林是一年中散步的极佳时节，叶落草枯，各种动物无处隐身，影踪毕现。一阵嗞嗞嗞的尖叫牵去我的目光，两只棕背䶄头挨头、肩并肩在打架。这两个体重仅二十克的小鼠尖叫声竟这么大，而且全身心投入厮杀，我近前拍照仍撕咬不止。母鼠有杀死相邻领地其他幼鼠的习性，公鼠亦杀死外面的幼鼠以图与母鼠交配。从季节上推断，厮杀行为当属前者。今年是鼠类大繁殖年，母鼠可产四十只幼仔。它们如果没有松子等林木种子可吃，来年一二月闹饥荒时，便开始挖掘一条细长曲折的雪下地道抵达幼红松根部，绕圈啃食甜丝丝的树皮充饥。早春时见过许多一人高的小松树枯萎死去。近前细察，原来环根部的树皮全被啃光，露出白茬，春天幼树复苏所需营养和水分的输送通道被拦腰切断。

有一天，我从写字台边信步去林深处的头汊河畔，那儿有一株又细又高的枯冷杉，上部长满干透的刺蘑，远看像挂了满树的黄色干花。两天前曾见松鼠妈妈在树上采摘一朵朵干刺蘑卷。自然风干的刺蘑有股干爽的林地土壤与淡松香的混合气味，想必是松鼠在寒冬里的酥脆餐点。

突然，丛林深处传来一阵尖利的惨叫，声音高亢刺耳，夹带嘶哑音，一声比一声急迫。流露出极大的痛苦并含有紧急求救的意味，很像濒死前的绝叫。

我循声拼命赶去，生怕那尖叫陡然中断，那意味着一切都结束了。当接近惨叫发生地时，前方猛地爆发一片激烈声响，拍打树木的砰砰啪啪声，暴怒中的嘶嘶怒叫，扑楞楞的迅疾蹿跳，呜呜呜的粗重短吼，与那个凄惨的尖叫混杂在一起，响成一片。

　　出大事了！脑海闪过一个念头。相隔两棵树，已望见那株长满干刺蘑的枯冷杉。

　　不好，是松鼠一家！

　　带着这个不祥的预感从树后探出头去，顿时被眼前的厮杀场面惊呆了。

　　首先进入眼帘的，是一头扇动宽阔双翼的长尾林鸮。它的举动非常奇怪：一边发出呼呜—呼呜—的短促低吼，一边忽上忽下在繁密的树枝间穿插飞旋，翅膀用力打在枝条上发出啪啪脆响。树上地下，数只松鼠不停蹿跳，怒叫示威。大鸮正全力追捕一只蹿腾跳闪的灰松鼠，两个都使出了浑身解数。林鸮转弯低冲上升的速度罕有的凶猛快捷，松鼠的跑跳腾挪也少见的机灵多变，双方上演着一场令人眼花缭乱的追捕大战。眼看松鼠被对手逼上树顶，它纵身一跃，跳进旁边一棵红树的树冠层。林鸮立刻绕树冠飘移半周，寻到枝丫稀疏的缺口，两翼向后背折叠，哗喳喳刮碰着枝条向前猛扑。松鼠即刻从另一端露头，发力猛蹬腾空而起，飞降到六七米开外的另一棵树的树枝上，沿枝干绕圈飞奔而下。此时林鸮已从树冠中脱出，举翅荡下，双爪将搭还未搭上猎物的那一瞬，危急中松鼠吱的一声尖叫，疾闪至树干后，蹬树急跃，从强劲的钩爪下脱出，跳到地上，钻进一片密匝匝的灌木丛。

这时，令我万万没想到的事情发生了：由于这场追捕扣人心弦，谁也没注意到另一只松鼠已从地面飞蹿至旁边的树上，当那只被追猎的松鼠发出尖叫的瞬间，它腾身凌空跃下，在蓝天的衬托下，它那乌黑的剪影像一柄弯曲的飞镖，在空中划过一道灰蒙蒙的弧线，冲至少比自己体形大八倍的林鸮一头撞去。

那大鸮刚刚在树杈落脚，突遭凶猛撞击，嘎地失声惊叫，头上孛起一蓬乱毛，身体发生侧翻，似断了线的风筝，歪歪斜斜掉在地上。由于距离很近，我看得清清楚楚，在撞击即将发生的刹那，松鼠竟在空中弯曲身体，四爪齐出，试图挠抓大鸮的后脑及颈根，不料对方被撞开加之头颈覆羽柔滑细密，只揪下一簇羽毛，而后它也随对方一起摔了下去。

我大吃一惊，后脑是所有动物最难防范也是最致命之处。这只以小击大的松鼠选择这个部位发动攻击真是个聪明之举。

嘶喳——

它发出一声尖叫，立即翻身跳起，后背银灰色针毛随快速运动发出一波波亮光，是穿银灰坎肩的松鼠妈妈！

此刻，旁侧的树上，又出现两只喳喳大叫的松鼠。听到它的叫声，加上先前脱逃的那只，一家四口齐齐上阵，嘶嘶怒叫，从不同方向勇猛地朝在地上拼命拍打翅膀的大鸮冲去。惶急中大鸮拔地而起，双翅拍打树枝发出砰砰啪啪一片爆响，在密集的树木枝丫中直撞出去，飞上一棵百年老山杨。

这时，我面前的树干后突然冒出一只松鼠，冲我喳喳喳狂吠。呵呵，这小家伙杀红眼了。念头及此，其他松鼠齐齐回头，看清有外人加入，随即一哄而散。面前这只也嘎咕咕一声叫，转身开溜。

不知何时，最先听见的那拖长的惨叫已经停止。森林重新恢复平静。抬头望向老山杨，在树身裂开的一个宽缝隙中，那头鸮像个大树瘤呆坐不动，瞪着一双怔怔的大圆眼，似乎还没从突如其来的打击中清醒。是呀，换了谁都想不开，兔子打狼，这不是把老天爷规定好的一物降一物的法则给颠倒过来了么？！

我呢，一个原本并不是每时每刻都清醒的旁观者，仍然沉浸在刚才那场丛林大战的震撼中无法自拔，我永远不会忘记这场舍生忘死的战斗。若不是亲眼所见，说破天我也不会相信，弱小的松鼠胆敢向强大的天敌发动疯狂的自杀式攻击？！而且选择攻击的角度和部位那么致命？！那是多么强烈的母爱，才能激发出如此巨大的勇气，从而创造出真正的奇迹！

作为一个以野生动物和原始森林为对象的写作者，我多么的幸运和幸福，大自然中的动植物偶尔会展现进化得来的生存奇迹，而当这个极为珍贵的奇迹发生时，我在现场！

但是，我骨子里是个慢火细炖的写作者，永远当不成摄影家。当事件突发时，我右手一直掐着装有长焦镜头且拨在动作档的相机，还事先启动了连拍模式。好，现在拍那个木瘤般呆定的鸮罢。"呆"不是贬义词，而是真实写照。无论我怎么拍，它都一动不动。最后我拍腻了，大声恭请它换个姿势，人家依然不动。无奈之下，只得在小路边树干的枝头挂一只手套作标记。当向它挥手道别时，它依然视我如无物，呆坐不动。

林鸮栖身的那道宽裂缝正好容纳它的身体，周边的树皮颜色纹理与它的毛色羽纹十分相似，估计是它经常守候猎物的瞭望点兼出击制高点。做标记为了再来观察它，此外还为了记住这个奇迹发生地。我把这个路标叫做：松鼠战场。

当晚夜不能寐。那一声声惨厉的尖叫一直萦绕脑际，正是这叫声招来松鼠一家与大鸮拼死作战。它们本是五口之家，而我只看见四口。八月节当晚，鸮窝树有一对林鸮现身，今天却只出现一只。种种迹象表明，先有一只松鼠落入林鸮利爪并被带到隐蔽处。家人听见它的濒死尖叫赶来营救，与前来阻击的另一只鸮发生战斗，而我的出现平息了战火。那只被松鼠妈妈舍命撞翻的大鸮落在树上不走，根本不是被撞昏了头，而是为了吸引我的注意力，为同伙赢得杀死并藏匿猎物的时间。它以它的"呆相"相当成功地蒙骗了我这个凯子。唉，我曾同它两度遭遇，上次它极力恫吓，这次它假呆真骗，两次表现都十分完美。而我，一个所谓的万物之灵长则丢尽了脸面。

后来，我向多位经验丰富的动物学家和过去的老猎户讲述这段经历，他们均认同我的推断。

有人问我写东西是不是猎奇？不是猎奇是神奇。不是我的文字神奇，是野生世界无比神奇。

2009年11月30日，我搬到小镇最南端好友借我的新房。第二天醒来给众多亲友发出一则短信："晨曦中醒来，一只双翼镰刀状的燕隼从阳台上方半米处掠过，薄雾中长白山主峰隐约可见。楼侧的小河有绿头鸭、河乌、麝鼠、针尾沙锥、灰鹡鸰当邻居。橙粉色阳光入窗，今天是响晴天。心情大振，打算饭后沿小河上行散步……"给亲朋好友发短信是我消除寂寞的办法，这次心情却在亢奋中。

少顷，亲友们热烈的回信纷至沓来。

早饭后，蹚半尺深积雪进寒葱沟。三五只太平鸟在高高的山荆子树顶吃剩余的干浆果；有几只鸫没有南迁，仍在老地方居留；一只在枯杨树上咔咔咔凿洞的大斑啄木鸟不经意间把一串木屑撒到我头上；嘎——嘎，有松鸦在远处鸣叫；五只黑头蜡嘴雀飞来飞去，其中一只在树上歌唱，歌声宛转悠扬。藏在树干后吹口哨与之对歌，往复数遭，它竟飞来探视，在枝头久久不去。一只黑色大鸟在蓝天飞过，咯喽——咯喽——一边飞一边叫。这是只在居住在林中矮崖上的老乌鸦，正赶往头道白河边的垃圾场吃早饭。在紫貂卫生间看见它遗下的新粪条，只要有唾手可得的小型啮齿类动物，紫貂不会花大气力捕杀松鼠。

一会儿跟着狍子的纤巧足迹疾走，一会儿与黄鼬活泼泼的足迹链同行。看见狍子的尿迹，它撒尿不像人那样斜出，而像漏斗倒油那样直下，在深雪中浇出一个直通通的小洞洞。可惜没看见过松鼠撒尿。冬季里阳光暖和时，松鼠会在九点左右出来取食，下午一点再出来一会儿，大雪天则一两日不出门，靠储存的干蘑菇充饥。入冬以来，我或者闷在家里写东西，或者去很远的山上看狍子，今天能看见松鼠妈妈吗？

沿途的雪地上，松鼠的新鲜足迹随处可见。一跳一跳的呈倒八字，两只后脚在前，一双前脚在后，跟野兔一样。还有大尾巴摆来摆去的扫帚状轻拂浅印，近看，针毛细痕历历可数。

行至松鼠副巢处，咕咕，一声带喉音的轻叫。一只松鼠从地面跳到树上，叉开前肢，竖耳瞪眼，机警地盯着我看。少顷解除警戒，开始飞快地用小嘴清理两只前爪上的松脂。又抬头看看，见我还在，咕噜噜——发出音阶由高转低的抱怨，似轻轻的柔声。好像在说：干什么老盯着我看？起身直立，只一动便攀上头顶枝干。当它飞快展露腹部那一瞬,被我看个清清楚楚:雪白的腹面茸茸纤毛干净洁白,无丁点儿污渍。还有……它没有小鸡鸡,是女生。沿树干上行时,后背有银灰色浅波一闪一闪起伏。

是它吗,穿银灰色坎肩的松鼠妈妈?还是它的女儿?新一代穿银灰色坎肩的准新娘?

目送它快速升至树顶,又一反常态地跳到我身边这棵树的树冠层,在我头上来来回回兜了两圈,似在打量一个记不起名字的熟人……两年来的观察,从未见过松鼠有这种举动,见了人它们往往跑得越远越好。

它是那年冬天我遇见的第一只松鼠,毛色光鲜、身体健康、举止优雅、充满活力。再过一个月,它将进入婚配季。这位美丽的新娘身边将簇拥着十几个精力旺盛、咕咕大叫的热烈求婚者,它将挑选多位好小子做新郎,逐一与之携手入洞房。不是为了满足情欲,而是为了使卵子成功授精,生育更多健康后代。那时候,沉迷在极其兴奋、极为忙碌的蜜月中的它,应该顾不上羞羞答答遮遮掩掩,拒绝我这个看上去彬彬有礼、内心却狂跳不止的异类,在可接受的距离参加它一个接一个稍嫌匆忙的婚礼……《黑龙江兽类志》上说,灰松鼠第一次发情在每年的一二月间。当时,我下定决心:将来一定要亲眼目睹松鼠在早春时欢闹的婚礼。

现在是2011年3月中旬,我在给这篇超长的散文收尾。去年大年初四和今年情人节当天,我两次特意从省城早早赶回长白山,在原始林的深雪中十几次跋涉,都没有看见灰松鼠求偶交配的场景。倒是有一次在深山里,看见一棵老橡树高高的树杈上,一块圆形的菌类在天际闪闪发亮。王老师说,那是香栓菌,有异香。据说北美红松鼠追逐求偶时,雄性要把雌性赶到地面交配。灰松鼠在树间横杈上即可交配,行事时大尾巴像面朝天竖起的小旗,随着它的颠动在空中急剧地抖擞招摇……但愿有一天我能有幸看到这个场面。

去年五月初,在寒葱沟环区公路上行走,忽听嘎—嘎—嘶哑长鸣。这鸣声特别像凤头麦鸡的长叫,来自头汊河边。猫腰悄悄靠过去,忽然叫声又起,来自前面小山岗。抬头张望,见两只黑啄木鸟的身影在一株老枯杨左右时飞时落。当时正是飞鸟归巢的黄昏,看来这对老朋友已选定这个新巢址了。

松鼠家庭人丁兴旺,地盘已扩展到环区公路东边宝马林场的次生林。但这里的树木曾遭林场砍伐,镇里的居民也年年盗伐当做烧柴,而且一年比一年严重。我担心它们在这里居住将一年比一年艰难。

那窝长尾林鸮还在老地方居住。十几天前,刚进寒葱沟原始林,看见一只鸮安稳地栖在树杈上,闭着双眼似在打盹儿。我围着它转来转去半小时,拍下二十几张照片。它一直端坐不动,只偶尔微眯一只眼瞧瞧我，再仰头朝向天空，让阳光烘暖那张圆脸，随后又沉沉作冥想状。

王老师说，长白山西南坡比我们北坡温暖。早年曾见过一搂多粗四五米高的大榆树枯桩上，长满一层层的榆黄蘑。远远望去，在阳光照耀下像一座光闪闪的黄金塔。这些年地球变暖，森林一年比一年干燥，蘑菇数量明显减少，不知还有没有这么辉煌的蘑菇树了。我得去西南坡走走，了却这个心愿。

考查了三个秋天，写下十多万字笔记，断断续续写了很久，这篇长文仍未写完。美丽而又神秘的蘑菇世界，是我终生向往和关注的自然领域，蘑菇比花朵更贴近土地，是原始森林中的绝美造物。地球上80%的植物依靠菌根菌繁盛生长，没有蘑菇就没有森林。我彻底被蘑菇世界迷住了！随着观察和思考的深入，我将不断增补修改此文，力争达到我心目中的尽善尽美。当然，蘑菇宝盒依旧会在案头陪伴我。

对了，我仍将去拜访那株三百年的老橡树倒木，年复一年……

写到这里，我又一次打开蘑菇宝盒，里面又飘出梦幻般的干爽林地土壤的奇妙气息。

狐狸的微笑

山上刚下过头场小雪。从林场下来的人说,荒沟的狍子脚印多得跟羊圈似的。初冬时节,草木枯萎,狍子吃草比冬候鸟早,天刚亮便起身觅食。

凌晨,去山上看狍子。

天光初现,四野灰蒙蒙一片,这时须注意看树林里那些黑沉沉的物体。它们大多是些二十世纪六十年代砍伐后遗下的树桩,还有一千年前火山喷发溅落的火山弹。乍一看,它们有的像藏在灌木后隐蔽身形的狍子,有的像匍匐在草丛中梗脖观望的野猪,有的像林深处倚树站立的马鹿,而且越看越像,这些自然物的形状有时能蒙住老山里人。

同伴叮嘱,狍子身上没有雪,身上落雪的不是狍子。再有,狍子耳朵偏大、耳壳薄,迎着光线看,头顶两边有两个模糊光斑。

果然,熹微中见一头狍子黑黝黝剪影,远远呆望我们,随后一纵一纵蹿入丛林,雪白后臀镜子般闪几闪便消失了。

呱,呱,前方传来鸦鸣。低音喑哑,含警告意味。

同伴望了一眼,"胡老师,记住啊……"每当他讲话用这种口头语开头，我立即打起精神，注意听讲。"乌鸦如果落在树尖上，那是吃饱了呼朋唤友呢，如果落在树冠下边的横枝上，树底下准有东西。"

看见那头狍尸时，心猛地一沉。进山这几年，没有比看到遭人类猎杀的野生动物更让我感到心痛的了。

那是只初春出生的小母狍，才七个月大，未曾婚育。一根钢丝套勒在它修长的柔颈中间，深深没入细茸茸乳黄色冬毛，留下一圈暗色凹痕。近前两步，它那被乌鸦啄空的眼窝撞入眼帘，眼窝黑洞洞的，仿佛深得没有底……似乎乌鸦啄出眼珠后，又往深里啄，啄穿了眼窝下的骨膜，一直啄入颅腔。它的后臀被某种食肉动物撕咬得血肉模糊，吃去一斤多肉。下腹部也被撕开，胃囊破裂，淌出绿糊糊草浆沫，隐隐有臭气，表明它已经反刍消化了吃下去的食物。

唉，可怜的小母狍，临死前好歹吃了顿饱饭。

四处寻看，见两段条索状粪便，暗铅色表皮泛白，比青鼬粪稍粗长，有细粪尖。

"狐狸粪。粪条上有不超过四个轱辘滚儿，臭味中还带一股狐狸臊。"

果然，油亮的粪条上有三个微凸的圆隆结节，粪臭味中混合着类似狐臭的腺体异味。有高手仅凭闻味就能辨别出粪便的主人身份，如此我也试试。嚯，根本闻不得，臭气怪异且熏人。这么形容吧，这股怪臭黏在鼻孔里不走了，一整天闻什么似乎都带一股怪臭，睡一宿觉才恢复正常。

同伴翻动一下死狍，贴地的一面已冻硬，他说，"狍子死不过两天，肉挺新鲜。狐狸昨晚来过，还得来。"又问我，"捡不捡？能剔二十来斤好肉。"

少年时在乡下，吃过狍子肉馅包子，也尝过狍肉氽丸子汤，有股子出自山野的鲜亮味。现在才七点，剔完肉上车回家，中午能吃到嘴。想到这儿，口中不由泛出些涎水。这时，脑海里掠过一段往事：前几年在鸭绿江中游的山林游荡，曾见一头大金雕从树丛中蓦然起飞。凑过去看，林地上有一具被吃去大半的狍子残尸。它被圈套勒死后，被乌鸦发现。后来金雕赶走乌鸦，霸占了这具狍尸，守着吃了好几天。由彼及此，这头狍尸应当归狐狸所有，乌鸦自然也有份。

同伴立刻同意，还提议把狍尸藏进路边的沟里，免得被他人路过捡走。说罢，他伸手去拽钢丝套，不料套绳嘣的一声断作两截。

"唉，这狍子死得真冤。这套子下了至少五年，都脆了。换个大公狍子根本套不住。小母狍被套在致命处，要套在腿上，踢蹬两下也能挣断。"

我把钢丝套从小母狍的脖颈上褪下来，再一次被它苗条娇美的身姿打动。唉，就这么个扭曲锈蚀的陈年旧套，夺去了一个活泼美丽的生命。

我们把死狍抬进山沟，藏在一棵倒木后面，又捡几根干树枝稍加遮盖。狐嗅觉极其灵敏，能很快找到这里。凭它的个头和力气，逮不住这么大的猎物。我很想知道，当美食失而复得时狐狸笑逐颜开的模样。

从山上回来刚两天，一场大雪铺天盖地而至，山上雪深三尺。当气温降到零下十三摄氏度以下，狐狸必须增加进食来补充热量。它腿短个矮，深雪中行走艰难，冬季常有一半以上的当年小狐冻饿而死。那头狍子能让它和乌鸦们至少吃上十天饱饭。

归途中，同伴讲起一件往事：

七十多年前，姥姥家住长春孟家屯附近，当时四周全是大草甸子。春天早上天凉，姥姥穿件大棉袍在院里捣酱。忽听远处犬吠马嘶，四个蒙古族猎手骑马在穷追一对狐狸。突然，一只被追得无处可逃的狐狸蹿进院里，它跑得张嘴吐舌，耷耳拖尾，脊梁上有血。自家的狗当即迎上去。在前后遭逢强敌的危急关头，狐狸竟一头钻进姥姥的棉袍底下，蹲在她脚边。匆忙中，她瞥见狐狸的肚子鼓鼓的，是一只怀孕的母狐。姥姥当时正怀着老舅，也挺个大肚子，因此格外同情遭难的狐狸。于是她斜坐在酱缸沿上,大棉袍底襟垂地,把狐狸遮挡得严严实实。猎人们骑马冲进院子,兜了一圈没找到,便问姥姥,看没看见狐狸进院?

没看见,只看见一群狗撵个东西往东去了。

家里的男人们见外人骑马进院,以为胡子杀来了,纷纷操起家伙迎了出去。猎手们见状只得悻悻离去。

姥姥懂些中医药常识,会配小药治常见病,经常背个药匣子给附近人家看病。她生前使用的药匣子至今仍保存在家里,里面分成一个个小格,盛有不同的膏丹散剂。她常对人讲,救下那只狐狸以后,便无师自通地会给人看病,专门给小孩和老人治病。我想,这当然对病人会产生一种心理暗示。

从此,姥姥给儿孙们立下规矩,谁也不准打狐狸。姥姥长寿,活到九十七岁才老去。

近几年,觉得自己的写作方式跟在群山中跋涉的淘金人颇相像。有一天,找到了一条矿脉上流过的小河。挖一捧河沙漂洗,指缝间常留下几粒亮烁烁的沙金。把沙金一点点积攒起来,回炉冶炼,融化铸坯,然后细心琢磨,直到做出满意的雕刻。同伴孙喜彦是我的好友,一个精明的山货生意人,从前是猎手兼挖参人。他好比这样一条河,五年来,我幸运地与这条河为伴。

我曾在初夏之夜倾听雕鸮饱含情意的呼唤,像小狗唱歌,欧——欧——欧——欧——欧——音色圆润、柔和悠扬。少顷,从另一座山上传来多情的应答,两者的叫声几乎一模一样。这边立刻来了劲头,对方应答的尾音未落,它的歌声又起,如影随形,绵绵不断。它俩就这样你唱我和,像一曲配合默契的情歌对唱。暗夜中,春风拂动,花香阵阵,伴随着久久回响的雕鸮之歌,我长时间驻足,直到歌声渐渐远去……

这次聆听荒野之歌,却是在二月的亚高山雪原。黑夜沉沉,严寒肃肃,蓦地,远山深处传来一阵嘹亮的长叫,咯——咯——咯——嗞哇哇——嗞哇,滋哇——

我一下子定在原地。这是什么动物的叫声?如此野性而陌生,却又像雕鸮之歌那样流露出热切的呼唤。前面的三声高叫"咯",类似咕与咯的混音,准确的像声应发"够"音。这三声连贯高扬,一声高似一声,直入夜空,像初学打鸣的小公鸡头三声高叫。后面的"嗞哇哇"啭音,乍听上去近乎刺耳咆哮。再细听,仿佛又带出半娇嗔半着急味道。极似春日里灰背鸫一曲高歌的收尾,音质与音调陡地一转,拧个劲儿似的发出一串撒野般的裂帛声。这种呼叫四声至六声一组,呼叫者明显处在某种躁动性急的情态中,一组连着一组,叫起来频繁急切,没完没了。它毫无忌惮,透出荒野主人的身份;它高亢嘹亮,要把心事昭告四方;它声声催促,有股子心急如火的劲头……这到底是什么动物的叫声？

难道是另一种夜鸮长歌？在大冬天，不可能。在这片荒野，只有几种动物能叫这么大声。狍子？从未听过它这般鸣叫。这种谨慎的食草动物只在发怒时吭吭大叫，平时并不出声。鹿鸣？也不是。马鹿的长调牛吼般阔大粗犷，拖腔悠长，况且它在九月里发情。猞猁？不对。它躲在更远的边疆深山，只剩不到十只。我曾在电视中听过公猞猁的情歌，那种凄厉刺耳的怪声跟这种声音大相径庭。狼回来了？没有。它喜欢在一百公里以下的丘陵地带生活，从未听说高山上有狼。还剩下三种动物，狐狸、青鼬和紫貂。后两种动物在三月发情鸣叫，现在不属婚育佳期。

狐狸？只能是狐狸。

少年时在乡下听村人说，母狐狸痛失爱仔时，发出一种像小孩哭似的哀恸。后来在外国电影里看见狐狸在城里寻食，发出一种难听的干嚎。也有研究者撰文，说狐狸能发出四十六种不同声音与同类沟通，其中有发情期公狐警告对手的尖利叫声，母狐寻仔的尖声急叫及呼痛声、吠叫声等。猛然间，想起不久前重读第四遍的保加利亚作家埃·斯塔内夫的动物小说《黑狐》。二十六年前初读，成为我了解狐狸的最早启蒙。文中说母狐狸在二月的发情季，望着月亮咕咕长叫……作者早年是狩猎爱好者，森林知识扎实，有多篇动物作品传世，不信他信谁？！于是，在茫茫雪原，我眺望母狐狸叫声的方向，眼前浮现出一只毛茸茸母狐窈窕侧影。它像小狗似的蹲坐着，双颌大张，仰头向天，肋扇大起大落，向漫天飞舞着银屑般冰晶的漆黑夜空，放声高喊狐狸世界的求偶召唤。这是一种歌唱与呐喊的混合表达，也是一种疾呼、一种宣告、一种迸发。它在夜空中上升上升再上升，形成一个不畏严寒穿透黑暗的锋利声线，从太阳落山一直叫到夜半时分。它不是语言、不含词汇、不带含义，只是发自本能的情感表达，发自体内沸腾的火辣辣春情，必须叫出来、唱出来、从喉咙口冲出来。相比人类，这回荡在荒原的歌声没有旋律、更无音韵，令人感到非常陌生甚至疑惑不安。然而，在公狐听来却大胆直白，炽烈如火。它当即血脉贲张，热血滚沸，似离弦之箭向母狐叫春的方向撒腿飞奔……

最早的类人猿捕猎成功后，学会了囤积食物，使种族得以延续。狐狸也有这个特性，把多余食物东藏西埋。我跟喜彦探讨过，那只狐狸在大雪中找到狍尸，肯定会埋藏起来。他说，狐狸一顿只吃四两到六两肉，如果把狍子肉叼走埋起来，够它活半个月的。

早些年，喜彦还是个初把，把头领他们五人进深山挖参。那次贪多赶路，最后断了粮。师傅找到一个狐狸藏食物的储藏洞，他至今记得十分清楚，里面藏着一只大嘴乌鸦、两只飞龙（榛鸡）、一只野鸡、三只高山鼠兔、一只斑鸠、两只野兔、三只山耗子（大林姬鼠）。九月下旬，海拔一千五百米的山顶地寒，尸体未腐烂。参帮凭借这些东西维持了两天，最后走出大山。

大年初四回长白山，见大集有人偷着卖野兔，背篓里装着六只肥肥实实的大兔子，随后连续蹚雪上山，见次生林带遍布野兔踪迹，才知去年是野兔大发生年。过冬的野兔刨不开厚雪，专靠啃青树皮，吃小树嫩枝为生，对幼树危害很大，狐狸恰是捕兔能手。狐狸正常寿命为十二年，但由于猎杀、疾病和在雪灾中冻饿而死，平均只能活三年到四年。野兔多食物也多。也许，那只在雪原上高歌的母狐能存活下来？

狐狸山（我给发现母狐的地方起的名）距青松林场七公里，我的住地距林场三十公里。为了观察那只（或那对）狐狸的生活，我打算开春去林场租房，写一篇狐狸的散文。这个念头缘于七年前在鸭绿江采风，听当地人讲述的一个传奇狐狸的故事，我一直当压箱底的宝贝，这回总算亮出来给人看。

二十世纪七十年代，集安一带猎行中有个名头最响亮的猎户，人称姚老大。此人每次上山只带三发子弹，不管飞禽走兽，三枪响过，肯定打够自己能背动或拖动的猎物回来。可是，有一年冬天,他彻底栽了,栽在一只罕见的狐狸身上。

那天上山,半路迎面遇上两个猎人。刚一照面,对方年长的那个便迎住他的目光。双方眼神对住,彼此略一点头,心下都掂出了对方的分量,各自暗吃一惊。

互通姓名之后,双方又暗吃一惊。他俩相互早已听说对方的声名,但谁都没想到,相邻两个县猎行中的顶尖高手竟能在山上碰面。

两人各自暗想,对方果然有异于常人之处。好猎手都具好眼力,因此眼神格外明亮锐利。同时心下也各自起意,都想看看对方身手究竟如何。

对方二人中年轻的那个说道,一块走哇。

一块走。言下之意,如果在途中遇上猎物,正好比试一下枪法。这在姚老大看来,对方摆明了是在叫阵。

走呗。让到是礼,他示意对方先行。在自己的猎场,能见着什么东西,心里大致有数。再者,打头的人看见猎物的概率高,打猎讲究谁看见谁打。一旦失手,自己正好收鞘,一下子压你一头。

对方似看透姚老大心里拨拉的小九九,并不领情,示意让年轻人走在头里。啊,姚老大明白了,对方这是要抢打前边猎手打伤或打丢的猎物,这叫真功夫。打好了自己便没机会捞本,还反过来压自己一头。

咔嚓，他推弹上膛，枪上肩头，意在告诉对方：加小心，到时候谁打着可说不定。

那天下着蒙蒙细雪，视物不清。走在后头的姚老大看见，在西面山坡的雪地中有个小黑点。细看，像只蹲坐不动的狐狸，又像半截枯树桩，影影绰绰的，那东西头顶似乎没有积雪。姚老大眼力好是出了名的，这回由于正在飘雪，只有六成把握。但出于好胜心理，他冒险向对方叫板：

"看见山坡上那东西没有？是狐狸还是树桩？"

对方果然分辨不清。

"那我打了啊。"

姚老大当仁不让。无论按猎行规矩，还是礼让客人，他已给足对方面子。话音刚落，右手举肩上枪，迅即抢到眼前，左手托枪，抵肩贴脸，立马搂火。

这种出枪习惯早已在二十多年的行猎生涯中练成，赶路时扛着枪，猎物甫一出现，手动枪起，枪从肩膀抢到眼前这个过程即为瞄准过程。待枪至眼前端平，三点一线，目标已是囊中物。

枪声响处，三个人全看清楚了，那狐狸左肩处噗的迸出一撮碎毛，同时惊得向上蹿跳，落地后依旧蹲在原地，一动不动。

看样子，狐狸被打懵了。距离虽远，仍是死靶。

击发毕，推弹上膛，枪回肩上，早已养成的习惯动作。枪响见物，没必要再持枪。他万万没想到，这次竟失手了。

一言不发，枪随手动，从肩上起。稍慢，中速降至眼前，抵肩贴脸，搂火。

狐狸右肩处噗的炸起一蓬长毛，同时惊得向上蹿跳，落地后仍蹲在原地，一动不动。

枪没离脸，二十年来第一次，瞄准约五秒，搂火。

狐纹丝不动。子弹在它面前两米处溅起雪花。

子弹打光。姚老大肩一晃，哐！枪砸在柞树干上。

那是他花去半年时间，东拼西凑，精心组装的一杆七点六二步枪。这枪他用起来特别顺手，有人曾出价一千五百元，没舍得卖。多年来，他把这枪当命根子……

很多人对我冬天还天天上山甚至打车进深山感到不解。我只回答一句，看动物足迹。

在雪地上，尤其是银白洁净的新雪上，细察和分辨动物与飞禽可爱的雪地留痕，这是在其他季节的森林无法找到的、令人心动的、别样的接近野生动物的方式。你会得到满足好奇心的小得意，探秘的小惊喜与愉快的审美享受。许多平时无法看见的夜晚出来觅食的动物，在雪地留下了各种足迹与活动记号，你会感到这些森林里隐秘的兄弟姐妹仿佛近在眼前。你能猜出他们想干什么，要什么花招，心情怎样；是吃饱后的嬉闹，匆匆觅食的脚步，受惊后的奔跑和有意无意留下的种种雪地谜团；甚至能感受到他们快活的叫声，跑跳动作与身体的热度。当然，根据他们的脚印及其他印记，来辨识他或她属于你哪一门亲戚，是最先要做到的。其次，最好弄清他或她的性别、年龄、到哪儿去等。有时候，解开这类谜样的雪中疑题之后，获得的小小成就感和欣喜心情，会使你高兴得整天都不由自主地哼唱歌曲。洁净的银雪地，树木的蓝色阴影，或远或近的鸟鸣，透明晶亮的冰树挂，新雪的清香味道，突然闪现的动物身形，冒着雾气的不冻溪流，纵横交错的银砌兽径等数不清的美丽画面，构成了冬季原始森林的无尽魅力。所以，多年来，只要能挤出时间，我都要想法满足自己这个不太奢侈的享受。

二月听见母狐叫春之后，又下了两场雪。苦等一周，道路通车，我立刻赶到青松林场。跟上次一样，车只能开到林场三公里外的养殖场，从那去狐狸山还有四公里。有上次车陷深雪的教训，只能步行前往。

今天，其他动物雪上印记呈现的活力与美感记录暂时保留，只讲讲狐狸。

第一眼看见那五瓣金露梅花朵般的足印，直觉告诉我，那就是狐狸，这片荒野最常见的动物有狍子、野猪、青鼬和野兔，山狸子（豹猫）偶见，还有一些小型啮齿动物足迹和鸦科鸟类落地觅食的爪痕，犬科动物只有狐狸。

犬科动物中狼的足迹印最大，狗次之，狐狸印最小。成年赤狐的足印一般长五厘米至七厘米或略多，宽四厘米左右；狐的前脚五趾，后脚四趾，但通常只留下四趾的印记，故一枚清晰的脚印由五个爪尖印、四个趾垫印和一个掌垫印三部分组成；印记呈椭圆形，其中的掌垫不算大，只略大于趾垫印；由于脚掌的四个趾垫与掌垫彼此靠得很拢，看上去像团缩一团，所以像五瓣倒三角形花瓣组成的花朵；其中前端的两片花瓣近乎平列，另两片花瓣横着分列两边，下边是一片略大的单个花瓣（掌垫）。冷眼看，小狗与狐的足印十分相似，如何区分两种动物的足迹有个窍门：看泥踪时，狐的单足印中心隆起部分呈清楚的五角星形；狗足印比狐的略圆，脚趾头张开着，中心的凸起七扭八歪。因此，雪踪时的狗足印浅且模糊。当然，最大的不同是狗足迹出现在民居附近，而赤狐的足迹在山上。在银白色雪地上，狐足迹链不像野兔那样弯弯绕绕，也不像黄鼬那样跑跑跳跳，而是跑一条直线。它迈左前足时，右后足跟上来不偏不倚地踩在左前足留下的足迹上，迈右前足也如此，一步是一步整整齐齐排成单行。足迹间的步距约二十五厘米，足印后带出蹚雪划开的拖迹。

在林中运材道没膝深积雪中跋涉一公里，已顺脸淌汗，气喘吁吁。下道后跟在狐狸雪踪后边，深一脚浅一脚，雪时而没膝盖，时而没大腿，有时还掉进齐腰深的雪坑里。半小时后，已汗流浃背，张嘴干喘……两小时过去，眼下这行狐狸足迹毫无变化，依然洁净新鲜，未沾一星灰尘，尤其足印后边划开松软雪面的拖迹，白砂糖一样白得耀眼，在晨光中闪烁无数银亮光点。这行笔直的足迹链犹如拴在我脖子上的链条，牢牢牵去我的全部心思。要看到在银雪上的火狐狸，只有跟定这行足迹……唉，实在走不动，雪太深，右腿膝盖内侧韧带已被拉伤。还往前走么？

走，不能走就试试在雪上爬，爬可能比走更省力。看看人家狐狸，小小的圆足印踏破浅雪层，踩在下面的陈雪上，嚓嚓嚓，轻松自如迈步，五公斤左右毛茸茸的身躯，像一缕火红的流云在雪原上飘移。在林区漫游多年，这辈子我决不指望目睹东北虎、远东豹、棕熊、原麝等这些已经灭绝或正在灭绝的野生动物，但是我想在有生之年，亲眼目睹冬日里火狐狸那深红火红橙红相间的夺目姿影。

对了，在聆听母狐叫春的当晚，回住处查阅了《黑龙江兽类志》，证实我当时的判断是对的。

据说公狐听见母狐的呼唤，大老远跑来与母狐见面，母狐会一连三天挑逗诱惑公狐。它俩像两团火球在雪原上飞奔嬉耍，欢快地兜圈子,厮缠着翻身打滚。母狐使出各种妖娆狐媚手段,迷得对方不吃不喝,神魂颠倒,像被牵着的小狗,死心塌地紧跟在母狐身后,在炽烈欲火的煎熬中度过漫长的三天时间。

发情母狐的受孕期一年中只有短短的一天到六天,这是它主动发出求偶召唤和连续数天引逗公狐的原因。雌性动物在排卵期交配才能成功受孕,母狐了解自身生物钟变化,精准把握住排卵的那几天。繁殖高于一切,它只想达到受孕的目的。

我实在爬不动了,眼巴巴望着公狐在平整整的雪毯上碎步小跑留下的细长足迹链,一直深入到白茫茫的雪原深处……平时狐狸昼伏夜出,只在繁殖期间白天活动。也许,在雪原深处,雌雄赤狐正在表演时而交缠、时而转圈、时而疯跑、时而跳跃的欢爱之舞……明年吧,明年再来,不知幸运之神会不会让我一饱眼福?

狐狸跳上陡坎,利爪尽出,扒挠光滑的雪冰,像人的登山鞋钉,留下五道划痕。

小孟打量新鲜狐印,这家伙个头不小,估计是只皮毛丰厚柔软、滑润生光的大公狐,这张皮可值老钱啦!跟,跟十天也跟!

小孟是姚老大最喜欢的徒弟,也算成名猎手,在一场新雪后追踪狐狸再清楚不过的脚印,自然有十分把握。从早上五点跟到下午两点,望见远处有个小红点。再近些,他心头一震,这不是师傅三枪都没打中的那头火狐狸吗?

姚老大的事在猎行中议论纷纷,那头狐狸也随之成名。人人都觉得这事邪性,狐狸、黄皮子、蛇这三种动物,自古在乡下人心目中是三位大仙,伤害它们怕要遭报应。

这头狐身上有记号,左右两边肩胛处的皮毛被子弹各打出一个缺口。所以小孟一看就认识。

他心头涌上一股热流,钱不重要,放倒它才重要。

当把狐狸撵进一块庄稼地,顺垄沟向前飞跑时,他开了枪。一连五枪,打得它身上乱毛四溅,它依然在奔跑。地头有趟沟,当狐狸跑到地头尾巴一晃要下沟时,他换完弹夹,又打两枪。

七枪响过,狐狸跑过的雪地上,不见一滴血迹。

有老猎户说,这俩人犯了两大忌:第一打枪时心没放平,憋股气,发挥失常。第二这狐狸特别,冬毛比一般的狐狸长不少。本来身子有酒瓶这么粗,冬毛蓬松起来看着有四个酒瓶那么粗,因此造成误差,子弹贴着肉皮飞过去了。

事后小孟去找姚老大,两人商量,豁出这个冬天啥也不干,专打这只狐狸。过了几天,两人在山上发现了狐狸踪迹。于是决定,姚老大埋伏,小孟赶杖,伏击狐狸。

小孟体力好,满山兜圈子撵,花一头午工夫,终于把狐狸赶到姚老大的伏击点前面。累坏了的小孟坐在一棵倒木上,在山坡上居高临下，目送那团红火球似的狐狸迈着小碎步，颠颠颠一溜小跑，在姚老大的枪口前面横穿一片毫无遮挡的河滩地。

已进入有效射程，枪随时会打响。小孟紧盯着从容跑动的狐狸，只等枪声响起，狐狸一头栽倒的那一刻。

可是，枪却一直未响。眼睁睁看着狐狸走到正对枪口的最佳位置，枪仍未打响。

距离三十米，多清楚的目标，多好的机会呀！

难道老大睡着了？不可能啊？！

他忍不住跳了起来，扯开嗓子大吼："师傅，快开枪啊——狐狸过去啦！"

姚老大埋伏的树丛一点动静也没有，由于在高处，他隐约看见那里有个一动不动的小雪包，那是穿着白色伪装服的师傅身影。

狐狸被他的喊叫所惊，加速奔跑，眼瞅着跑出了射程，渐渐消失。

小孟急火火朝伏击点跑去，生怕师傅出了什么事情。可快到地方时，姚老大却自己站了起来。

小孟吼："你怎么不开枪啊，刚才狐狸就从你眼前跑过去啦！"

姚老大答："我没看见狐狸呀，只看见一个穿红裤子红袄扎红头绫子的大姑娘，飘飘悠悠从眼前过去啦……"

又过了一年。

一伙猎帮从山里归来,告诉姚老大说,百草沟看见一趟狐狸踪,又圆又大,估计是那只出了名的大公狐。

姚老大二话不说,叫上小孟,背上干粮直奔百草沟。那里有姚老大过去打猎搭建的地窨子,两人收拾一下,当晚住下。第二天上山找狐狸踪,不但找到了,还找到了狐径。

这次出猎,小孟多了个心眼,背来三把自制的地枪。两个人忙活一下午,把地枪下在了狐小径上。三把地枪,一把上制式步枪子弹,两把上火枪弹。

当天夜里下一场大雪,两尺深,把地窨子埋在雪底下。小孟从窗户爬出去,用木板在门前铲出一条道,喊师傅开门出来。

地窨子是简易门,用一层厚草加上下两道横掌做成。里面一推门,只听当啷一声,一个金属东西从上横掌掉下来,碰到下横掌,落在地上。

姚老大捡起一看,脸登时变色,脱口而出:坏了,狐狸成精了!

手上是一颗步枪子弹。

两人赶紧蹚深雪跑到下地枪的狐径。果然,上步枪弹的地枪,子弹已被卸下;上火枪弹的地枪,弹筒里的火药已被倒掉。

这两件事在猎行中越传越广,姚老大亲口所言,又有小孟在场,于是,一个打不死的狐狸传说在民间流传至今。

四月里在野外第一次看见狐狸，和听见鸫鹛唱响第一曲嘹亮春歌在同一天。

这是棵已枯死的空心杨，被人从南面半米处割一锯，从北面一米五处又割一锯，倒地后留下这个坐椅似的空心树桩。坐进南面的缺口，身体被凹成半圆形的树筒子挡着，既隐蔽又舒服，还是个便于观察各种小动物的好地方。

西南方五十米开外，一棵枯榆树高处，有上中下三个大斑啄木鸟新凿的洞巢。昨天遥见两只啄木鸟在林间穿梭，可抽空来这里观察这对小夫妻的蜜月生活。距此二十米的山坡上，还有一棵百年老枯杨，树顶有一对灰松鼠夫妇的洞巢。三月的交配季节，曾看见这对不安分的小家伙吱吱咕咕欢叫着在树上追来追去。估计现在雌松鼠已产仔。这不，雄松鼠又悄悄溜下树干，下地找去年埋藏的山核桃。我这个厚椅背的横截面，曾被它当作临时餐台，遗下六片从中间咬开的山核桃壳。这地方距林场约两公里，位于狐领地外缘。从租住房走到这儿正好歇脚。所以每次去狐狸山，都在这儿小憩一会儿，倾听各种小鸟的鸣唱，看看机灵的小松鼠和大斑啄木鸟忙碌的身影。幸运时还能看见粉艳艳的北朱雀，罕见的猛鸮和一两只亭亭玉立的狍影。

今年来狐狸山寻狐，心态放得十分平和。前两年曾去黑啄木鸟和长尾林鸮各自的领地寻找它们，去十次能看见一次已属幸运。狐狸也一样，领地范围至少二十平方公里，山高林密，枝繁叶茂，它能跑善走，行踪诡秘，偶遇概率可能连二十分之一都不到。

十七日下午一时左右，我静静坐在这个散发着微湿朽木香气的天然圈椅中，在午后阳光温暖的抚慰下，一边聆听一只小鹪鹩生气勃勃激昂跌宕的歌鸣，一边在本子上用文字记录它一曲又一曲花样翻新的春歌。突然，侧上方的山坡上传来簌簌簌刮擦枯枝叶声。急扭头看，一头矮个长身橙黄毛色的动物出现在坡顶。由于它在上风头，根本没察觉我的存在，迈着轻快利落的步子，自东向西，径直向我正上方走来。

狐狸！

我惊呆了，扭着脖子一动不动，那一瞬竟不敢相信，这十年九不遇的幸运居然降临我的头上！

我马上回过神来，全神贯注死盯着这个浑身沐浴在春日阳光下仿佛从天而降的金灿灿生灵。

简直是天降神物！

它火红的毛色在阳光中泛出金黄色光亮，随着它轻捷的行走宛如篝火明亮的火舌活泼泼跳动。下颏及胸口像猴头蘑似的白得耀眼，闪动着一波波明晃晃的反光。金黄与黑褐相间的粗尾巴比它的一半身子还长，斜斜耷拉到地面，尾端有一簇洁白如雪的毛尖。忽竖忽收的三角形耳朵像一对黑蝶，沿平行路线扑闪扑闪缓缓飞行,在矮树丛里时隐时现。四条黑黝黝的短腿灵便地迈着小步,带动颀长匀称的身体无声前行,仿佛一朵贴地拂过的熠熠红霞,微微起伏、盈盈浮动……

它嗅到了松鼠的气味,猛地停下脚步,仰头向一棵斜倚在一棵树上的倒木尽头看去,双耳耸立前倾,鼻子在树干嗅嗅,双眼直视上方,抬腿踏上斜倒木,猫一样全身匍匐,悄悄上行三步,又停下来,再次抬头嗅闻空气并向上方探望。它刹那间一动不动,抻脖抬头,双目直视。这时的它,宛如从森林哺乳动物中精挑细选的举止最优雅的模特,身披闪烁着金橙色光辉的毛皮衣,专门为我登上舞台,摆出一个捕猎动物仰头窥伺猎物的典型姿态。

老天爷,狐狸真美!

轻轻取出望远镜,它的整个侧脸清晰呈现眼前:湿润乌黑的圆鼻头,长尖吻,鼻梁上的浅毛区亮黄橙色,上唇边缘用画笔勾勒似的,从鼻头沿唇线至下颌描出一条前扬后凹再扬的雪白曲线。正是这条在嘴角处上翘的曲线与微眯的眼睛搭配,使它的面部给人一种笑眯眯又透出狡黠意味的典型印象。下颌亦现纯白,似乎专为衬托这抹微笑而生。前眼角下方沾黑,在鼻梁与脸颊的凹处形成一抹圆括形暗褐色斑块,这就是老猎人常说的黑色纹眼线。它的底部压在上唇的白唇线上,造成低凹的曲线,使嘴角上翘的笑纹更加鲜明。

相机！我这才想起还背着新买的五百毫米长焦。唉，把相机上的广角换上长焦，得用一系列小心翼翼的动作。不知哪一声轻微的磕碰，被驻足聆听的它收入耳谷，倏地扭身从倒木上跳下，似一团棉絮轻悄落地，沿坡顶行走数步，黄澄澄的大尾巴晃了几晃，消失在低洼处。

早年买的一本小书《动物的语言》讲道：狐有本事听见二百五十米以外的吱吱鼠声，在五百米距离内可发现在树上飞来飞去的黑雷鸟。狐的听觉特别发达，三角形耳蜗边缘有长长的毛边用来过滤杂音，极端灵活的耳朵能迅速准确定位声音来源及估算声音方向，误差不超过一度。可被辨别声音的频率范围在七百至三千赫兹。猎物或天敌稍有动静即被它觉察。

我起身沿山坡兜了个圈子，从侧面悄悄接近洼地。一边小心行走一边在心里痛责自己：永远当不了摄影人。刚才那一套笨拙的动作，应当在踏上山路的一刻完成。而我却心不在焉，痛失千载难逢机会不说，还惊走了极其机敏的狐狸。

洼地中央有座土坟，狐足迹清清楚楚印在正在融化的残雪上。它沿坟墓东侧由南向北兜了半圈，随后又出现返回的重叠足迹。西边有公路，路两边插着防火旗，被风刮得噗啦啦翻动。估计它从坟墓后刚露头，看见那排防火旗，吓得马上调头回来转到另一侧，但立刻又停下来，双前足并排踏在一个小土墩上观察动静。瞧瞧，这双前足掌印在湿雪上多清楚啊，整体凸凹有致、黑白分明，就像精心制作的印模。掌垫印底部可见黑色冻土和纤细草茎。我不由呆望了半分钟，像揣摩女儿小时候天真心思一样（多数时候为吃好东西动脑筋），参透了狐狸脑海里的想法：早年的猎手利用动物怕火的心理，常用系着许多小红旗的长绳围住有狼或狐藏身的树林，在特意留出的缺口外布下阻击线，一次能把它们一大家子全部射杀。它们像怕火一样害怕红色的、带有难闻酸涩气味的人造布料。这只狐也一样，远远望见路边飘扬的红色防火旗，立刻止步不前。

咦，下一步，下一步狐狸上哪去啦？

我怎么也找不到狐狸在小土墩驻足后离开的足迹，就这么大一座坟头啊。我围着坟转了两圈，还是没找见它下一步的足迹。不能啊，它围绕土坟来回只兜了半个圈子，而这些足迹全在眼皮底下呢，清清楚楚的，就是没有它离开的印记，难道它长翅膀飞走了啦？

无意中向坟头上扫了一眼，哟嚯，在这儿呢。原来它蹿上坟头，从坟顶横穿过去跑走了。估计它在坟头扭头回望，发现我正悄悄走来，马上往坡下溜并用力一蹬，纵跃四米多远（狐可跳跃七米），钻进树丛跑掉了。

唉，不是狐狸狡猾，而是我太笨。人大多对坟墓敬而远之，而我在潜意识里觉得狐跟人一样，不会随便踩踏坟墓。我犯的错误在于，把人类的世俗观念加在了毫无顾忌的动物身上。在前有防火旗挡路，后有人跟踪的情况下，转身翻过坟头快速离去，是它采取的再恰当不过的逃避方式。

当一个人面对野生世界，如果把自己当成野生动物，以它们的视角去思考如何维持温饱，如何保证家人安全，如何在恶劣条件下渡过难关，如何合理利用生存资源。学学它们，我们便不再妄自尊大，可能会避免走上自我毁灭的道路。

它应该是头公狐。小两口在二月下旬交配，怀孕五十二天，如今幼狐刚呱呱坠地。母狐一般平均产仔五只，在育儿哺乳期，由公狐承担养育妻小的重担。现在万物复苏，冬眠的花栗鼠、高山鼠兔纷纷出洞，森林小鼠和昆虫也开始活跃，野禽陆续迁回北方，它获取食物的机会将大大增加。

当晚我翻阅《中国兽类踪迹指南》，有美国动物学家分析亚利桑那州的狐粪中含有的季节性食物成分比较表，表中显示狐狸一年四季都捕食啮齿类动物和昆虫，而且这两种食材在粪便中出现的频率（百分率）较高，以冬春夏秋四季依次对应，啮齿动物为十六、二十七、三十三、三十九；昆虫为十一、四十七、八十八、五十七；浆果出现频率最高，分别为九十、七十五、十三、四十四；其中鸟类仅为零、三、二十一、十三；爬行类与鱼类最少，为零、三、四、零。

在夏秋季，野豌豆、山葡萄、野生猕猴桃、越橘、桑葚、犬蔷薇的果子等各类野果、浆果可构成狐狸百分之九十的食物。它们还热衷捕食昆虫的幼虫、鞘翅目昆虫、蚱蜢或蝗虫。

当然，上述地方的地理、气候等自然条件与长白山不一样，读者依然可看出我大费周章查找资料的用意：生物的存在即合理，况且以人类的庸俗价值观衡量，狐除了消灭大量危害林木的啮齿动物外，采食的大量浆果种子随粪便排出，成为一个漫游四方的播种机。可见狐狸是森林健康的守护者。一座森林若没有狐狸，这座森林将逐渐显露出生态失衡所带来的影响。

冬季除上山观赏、辨识动物足迹之外，还有一大好处：由于这个季节山里人比较清闲，好友们喜欢凑到一起喝酒。这时，只要我把话题扯到野生动物上来，在座的那些过去在山里讨生活的人（我这类朋友占多数）便立刻开讲，如此能听到许多山林故事。我一般不做记录，只认真提问。这时的大脑好比筛子，筛去沙石，留住璞玉。有一次，为引出狐故事，我讲述了姚老大的猎狐故事。当时酒桌上有七个老跑山的，他们竟对姚老大把火狐狸看成大姑娘，狐狸卸下地枪子弹等离奇之事深信不疑。可见姚老大不愧是猎行中的出类拔萃者，他了解乡下人的迷信心理，还知道如何利用。

酒桌上，勾起一件孙喜彦亲身经历的往事。听罢故事如获至宝，立刻感到这篇生长缓慢的散文已到开花结果时令。

为写好这个故事，遍翻以往的札记和相关书籍，还找到魏晋时期诗人王粲所作的《七哀诗》。诗云：山岗有余映/岩阿增重阴/狐狸驰赴穴/飞鸟翔故林。

1985年春，孙喜彦进山采灵芝。夕阳西下，他走到一列长长的矮石崖前，见崖根隐隐有兽径，找找脚印，原来是狐径。再往前走，想找个天然崖窝或石缝搭帐篷过夜。忽见前方阴影中，有一团蜷曲的赭黄色东西，是一只落入圈套的狐狸。原来，有猎人看见狐狸紧贴崖根行走，便在狐径旁钉根木桩，在木桩上绑了个钢丝套，又在圈套前面布下一盘铁夹。可怜这狐狸不慎连脖子带一条前腿钻进套里被勒住。中套后必然拼命挣扎，结果啪的一响，前脚又被带一排铁齿的铁夹死死咬住，鲜血直流。

那天，喜彦走进了古诗描绘的落日余晖中的美丽图画。同样是归巢，一千五百年前的诗中狐狸与当代狐狸命运迥异。

他打定主意救它，小心翼翼靠近。狐勉强扭挣，肚皮侧翻，露出腹部八个微黑的乳头，乳头根部有鼓胀的粉红奶包，白色乳汁正从乳头一滴滴往外冒。

被铁夹夹住腿脚的狐狸，如果腿骨被铁夹夹折，常强忍剧痛咬断伤腿自残逃生。正在给幼仔喂奶的母狐出于强烈的母爱，会毫不犹豫做出自我牺牲，但由于身体被死死套住，母狐根本够不到伤腿。

喜彦心头一震，布置这等机关的人是个深谙狐性的猎狐老手，为得到一张能卖上价的全狐皮，居然想出如此歹毒的招法。

看周围的挣扎痕迹与血迹，母狐昨晚中套，洞里的狐狸幼仔饿一天了。按老理：这个季节的哺乳动物母亲大多正在给子女们喂奶，猎行禁止上山打猎。

母狐的双眼睁得大大的，眼睛却黯淡无神，眼角有大堆眼眵，凄楚哀怜又十分紧张地盯着来人。喜彦曾在山上解救过误中圈套的猎狗，被套的时间一长，狗无精打采，眼神发暗，见了人露出可怜巴巴的神情，拼命摇尾巴，分明向人求救呢，只不过它不会说话。

狐不会像狗那样摇尾巴，却跟狗一样，懂得用眼睛向人求救。

见母狐眼角的眼眵，喜彦心里发酸，心急火大和长时间口渴，动物才这样啊。

他轻声对母狐说："别动，别乱动啊，我救你来啦！"

母狐听懂了话似的一动不动。

他碰了碰夹子里的伤腿，母狐疼得龇牙咧嘴。还好，腿骨未断。他掏出两张卫生纸，轻轻擦拭狐狸脚爪上的血迹。母狐眼巴巴看他，又惊又怕又疼，龇着尖牙，浑身抽搐，从喉咙里发出哽呜哽呜的怨声，但没有试图张口咬人。

喜彦小心而用力地掰开铁夹，轻轻挪动它的伤腿，放到旁边，然后捡一根树枝，试探着挠了挠它的脖子，说："夹子打开了，别动啊，这就给你解开套子。"

喜彦是个典型的山里人，精神健旺，说话高声大嗓惯了，我实在想象不出他轻声说话的声音和模样。

他又轻手轻脚把钢丝套解开，脱困的母狐站起身来，不相信似的试着走了两步，随后快步向山梁走去。

喜彦目送它离去的身影。忽然，走出十几步的母狐停下匆匆脚步，侧颈扭头，一动不动望着救命恩人。

喜彦有些着急，"快走，快回家奶孩子去吧。家里有一帮饿得嗷嗷直叫的小崽儿呢。"

山里人把"奶"当动宾词组"喂奶"用，读做nài。

母狐听懂了似的调头离去。

喜彦放下心来，转身往回走，偶然一回头，看见母狐又停下来，蹲在山梁上呆呆地望着他。

"走吧，快回家奶孩子吧。"

母狐像个听话的小狗，转过身颠颠颠快步消失在山梁背后。

喜彦何等聪明，走了一段路已想明白其中原委：正在喂奶的母狐不用自己出去找食,这时候该由公狐供应伙食。母狐离开幼仔出去找吃的,说明公狐在母狐被套之前已经出事了。

猎人专冲这窝狐狸来的,为了便于观察和布下机关,他的窝棚应该离这儿不远。由于经常跑山,喜彦知道,有个崔姓猎手经常在这一带活动。

第二天上午十点,估计猎人上山行猎,喜彦找到了崔姓猎手的地窨子。果然,地窨子外面放着一个铁猫(捕兽铁笼),铁猫里关着一只无精打采、邋里邋遢的公狐。他打开铁猫的闸门,后退数步说,"走吧,回家去吧。老婆孩儿都等着你呐。"

狐狸迟迟疑疑走出闸门,突然明白了什么似的嗖的一下子蹿进树丛,转眼间消失不见。

大多数人认为狐性狡诈,其实它们常常中套和吃下毒饵。已被它叼在嘴里的野鸭装死,待它松口后振翅逃生的事情时有发生。然而狐确有聪明的一面,只要从俘获它的铁夹套索等猎具中逃脱,绝不重蹈覆辙。

两年后,孙喜彦跟把头傅重回这座山林挖参。参籽正红时节,走到距离当年营救母狐二百米的一棵大红松树下,他眼前一亮,一片红彤彤的人参榔头(挖参人对聚成一团的参籽的称呼),好大个棒槌营子(成片的野山参)!按挖参人的规矩,先看见人参的人要喊一声,"棒槌!"让参帮的弟兄们知晓。参把头也按规矩问一声,"几品叶?"这句问话后面的含义等于让参帮全体知道人参的生长年头,份量多重,按行价值多少钱。参帮收获后按人头分钱,一切收益公开透明。

当时喜彦大喊一声:"棒槌!"

"几品叶?"把头遥遥相问。

"五品叶。"五品叶意味着生长三十年以上的参。

"快当快当!"把头回应。

唰啦啦,林子里一阵响,把头飞奔而来。

"棒槌!"喜彦又大喊一声。他不能不喊,眼前这一片红榔头,毛估有一百多苗参。

"几品叶?"把头边跑边喘粗气。

"老天爷,一大片呐!"

人这时乐疯了,换了谁都不知道咋喊。相传参帮的规矩是山神老把头定下的,可连山神也没料到能一下子撞见上百苗人参的情况,所以也没立下相应的规矩,只能任由发现者发泄心头狂喜。

那一年,喜彦从自己分得的一大堆人参中,随便拿出两包用苔藓土皮包裹的人参,卖得两万多元,买下现在居住的七十平方米两居室楼房。

今天他仍然坚信,由于那次营救了狐狸一家,冥冥中得到了狐狸给予的回报。

挖参人有句俗话：围着老掩子转，年年吃饱饭。自那以后，他每年都去那座山林挖参，每年都能在那个棒槌营子附近挖得几苗人参，从未空手而归。

林中小径上各种叶香、草香、花香一阵阵扑面而来。刚走出山刺玫馥郁的香阵，又进入幽香萦绕的铃兰花地盘；素淡清雅的山梅花香雾刚刚散去，又被大丛石蚕叶绣线菊的暗香笼罩。我知道，前面还有朝鲜当归、广布野豌豆、大苞萱草、鸡树条荚蒾等开花植物散发的浓淡不一，各具妙处，引得众多蝴蝶和蜜蜂醉倒花丛的袭人花香。冬天雪大，又逢倒春寒，季节比往年晚半个月，熬到六月，各种山花抢着闹着疯着纷纷开放。

自上次看见狐狸已过两个月，我在进山找狐狸的行走，变成了赏花听鸟采菜寻菇的漫游。眼看青草猛长，树叶大张，绿意葱茏，草木封山，瞥见狐影愈来愈没指望。

这时节，正是新生幼狍刚断奶，跟随狍妈妈辨识各种鲜嫩多汁的可食植物。一个赵姓山里人兴冲冲地告诉我，他骑着摩托车在林场去大垅地的岔路进去没多久，望见不远处的路边有个红毛物盯着来人，毫无惧怕之意。待驶近了，老赵认出那是只大公狐，身上的毛色红彤彤的，尾巴挺长，有一拃粗。这狐狸胆儿大，摩托车开到跟前都不躲，气哼哼冲他哇哇叫，好像跟人呕气,埋怨人把它逮小狍子的猎事给冲了。

八成就是我打过照面的那只狐狸。

大垄地又叫大白菜地,在它领地西边。而我这些天一直在东、南方向的树林里转悠,忽视了有村人活动的农田。

这个老赵和一个采蘑菇的老张都是山里通,常给我讲些亲身经历的跟动物打交道的故事。他的话激起我有些消沉的心气儿,明天去大垄地!

上午十点,阳光正暖。已行走四小时,从脸上脖子上抓下四个草爬子(扁虱,又叫蜱虫),前胸、后背已被汗水湿透,找个向阳高地歇歇,吃干粮补水。

从五味子藤缠绕的树林里跌跌撞撞地出来,眼前突然一片明亮阳光,绿茵茵的林中空地上有个平整的土台,还散布着几块平板石,是个早已废弃的窝棚遗址。好啊,在这儿正好可脱下衣服一边晒太阳一边抓草爬子。三下五除二脱下外衣,口中哼着歌,把衣服一件件展开,搜寻可恶的草爬子。忽然,隐约听吱吱唔唔声音传来。乍一听,像婴儿刚睡醒时舞动着小胳膊,口中唔呶作声。

荒山野岭,哪来的婴儿呀?侧耳细听,真有声音,娇气的幼兽稚嫩哼声或伯劳鸟的情歌啭鸣。前面有个土埂,猫腰溜到土埂后面,慢慢探出头去——没有啊,什么也没看到。

我站起身来,几乎近在眼前,一大团扁乎乎毛茸茸的东西,似乎在微微蠕动。我吓了一跳，熊，一头在草窝里蜷缩着身子睡觉的熊！

怎么办？大脑飞快运转：马上穿上衣服逃跑？还是取相机拍照？不管接下来干什么，都要先穿好衣服。

然而，没等我采取任何行动，已经看清楚那毛茸茸的毛团不是熊，而是几只挤在一起酣睡的小动物。

这时，那团东西有了动静，呼地站出一只半大狗崽来。一双琥珀色的圆眼睛睁得大大的，黑眼珠中心有个小亮点，一副受了惊的模样盯着我看。它身上的毛色橙红中夹杂着黑褐茸毛，鼓鼓的小奔儿头，尖脸尖嘴巴，竖着一对大大的乳白色尖耳朵，白嘴巴黑鼻头，整个头脸的毛色鲜明的橘黄中透出亮橙。

一阵战栗传遍全身，我的天，一窝小狐狸！

在那一刻，我恨不得变成个朽木疙瘩，免得吓着它们，这样既不打扰它们在太阳底下小睡，又能好好看看它们的模样。

一切都来不及了，一个大活人几乎直挺挺站在它们旁边。要知道，它们不是家养的小狗，而是远离人类的野生动物，骨子里跟人格格不入。

呱的一声叫，那站起来的小狐蓦地醒悟过来，撒腿便跑。吓昏头的它没有逃开，而是急火火围绕睡梦中的兄弟姐妹们一圈接一圈转圈狂奔。

浅睡中的小狐们开始骚动，有的睁开惺忪睡眼，有的张开粉红小嘴打哈欠，有的啧啧咂嘴犹在梦中，有的抬头竖耳谛听……该离开了，正欲迈步，传来簌簌簌一阵急促的拨动枝叶声，灌木丛中闪过一个赭黄色暗影。

　　树枝分开处，一只淡橙色成年赤狐尖嘴脸探了出来。它的面部被阳光染上一片灿灿金黄，一双圆溜溜眼睛像猫眼发生变化，由深琥珀色转成明澈的浅黄玉色，黑褐色瞳仁缩小至黄豆粒大，使它的一副浅浅笑意中透出一股警觉与不安。

　　我心里一动，终于见面了，这就是我一直渴望见面的正主，冬夜求偶的歌者，这片荒野的女主人，森林中的红毛美人。

　　狐狸一直被女性所喜爱。我在这个世界上两个最亲的人——女儿和妹妹均深陷其中。女儿从小就爱画狐，还写过一首小诗，结尾一句是"微风中送来小狐狸的叹气……"（长大后她承认是默写的）每当想到这行诗句，我的心都暖暖地融化……妹妹喜欢各种狐造型的工艺品，在蒲松龄故居流连时，我才真正领悟这种喜爱的妙处：狐形态的千变万化，妖娆可爱，其他任何动物所不能及。这种喜爱大概缘于狐具有猫一样优雅阴柔的女性化气质，妩媚外表掩盖下无意间流露的小狡黠；银雪中小北风拂顺的火红软毛，灵动柔躯与盈盈狐步；还有当饥饿、天灾、疼痛、病患等苦难过后依然展露的明快笑容。

中国大地上流传千古的无数狐仙神话，一定出自生活底层的女性想象，漫漫长夜中祈念着对爱情的追求与梦想……在这一刻，我深深理解了女人心里隐藏的终极秘密，理解了蒲松龄这个未曾及第的乡村秀才、民间小说家的伟大之处，他破解了这个秘密。

老蒲留仙啊，我说的对吗？但愿我的问话跨过三百年时空送到你耳畔。

我呆定定站着，近些年"美女"一词泛滥，此时此刻，我面对的是一位真正的森林美女。

"咈，咈，咈。"它发出低而轻的短叫，打破了暂时的宁静。

噗噜噜——小狐们一下子跳起身来，一溜烟蹿进树丛的隐秘缺口，奔向林中的暗沟，估计那里有它们的洞穴。

"呜喔，呜喔——"母狐望着我，幽幽埋怨两声，随后走出树丛。大尾巴紧张地扫来扫去，用一种跟平时不太一样的步态，带点召唤地慢吞吞走过我的面前……说心里话，当它走出来的那一刻，我十分失望，刚才凝视我的炯炯目光及脸部的光彩骤然消失，眼前仿佛一幅熟稔的乡村家常景象：一只皮毛稀疏，十分消瘦的村狗从面前无精打采缓步踱过。

难道它不怕被抓吗？我有些吃惊，这么毫无防备，这么松懈，甚至有点故意与我拉近距离？还有，它怎么后肢发软，一条后腿有些拖拖拉拉跟不上步，受伤了吗？它侧身对我，忽然后身一矮似塌陷下去,举步蹒跚行走更慢。然而,它侧对我这边的眼睛不时偷瞄我一眼,闪出一个小小光点。

它在演戏!

我如梦方醒。以前上过母花尾榛鸡一个大当,在你伸手可及的范围跌跌撞撞逗引你去抓它(根本抓不着),直到把你从雏鸟旁边引开。后来我不慎误闯其他鸟类巢区,见过绿头鸭、黄喉鹀、白眉鸫等正在孵卵或育雏的母鸟们的诈伤表演。母狐当然精通此道,看来,它把我当成危及其子女的大威胁了。

我退回原地,以最快速度穿上衣裤,趿拉着鞋,抱着背包,猫着腰快步离开。磕磕绊绊走出十余步,才回头看了一眼。母狐站在原地没动,警觉地目送我离去的背影。

一亿七千万年前的恐龙时代,一些老鼠大小的哺乳类小兽在恐龙的阴影下穿梭捕虫。它们在恐龙灭绝后体形变大,确立了地位。狐狸即属五千万年前古新世出现的食虫目动物的后裔。恐龙时代末期,食虫目动物在进化中发生惊人的变化,出现许多分支,奠定了现代动物大系。约六百五十万年前,貌似狐狸的肉食性犬科动物开始活跃。当最后一个冰河期降临地球,狐与狼分道扬镳,狼偏重肉食兼杂食,狐偏向更实用的杂食兼肉食。这个分化当初看似平常,实际对动物物种的生存产生了根本影响:一万年前狗从狼族中分出，进入人类社会得以成功扩张；狼却由于丧失栖息地及猎物大量减少濒临绝迹。狐因食性改变带来的身体器官的进化，成为杂食性的生存高手，如今广泛分布于北半球、非洲和澳大利亚。

我国自奴隶时代起，狐、貂、猞猁、水獭等毛皮动物便成为贡品一直遭到猎杀。新中国成立后，狐被视为重要的经济毛皮兽类，大量收购皮张出口换汇。其中尤以吉黑内蒙古三省区的赤狐皮质量上乘，使狐狸遭受大量捕杀。黑龙江省在二十世纪八十年代以前，年收购量平均三千余张，猎民亦有相当的自留量。一九八五年国际毛皮业涨价，带动国内收购价大幅飙升，一张一等赤狐皮价七百元（几乎等于我当时全年的工资），水獭皮八百元、紫貂皮和猞猁皮上千元，松鼠皮也涨至六十元，当时东北出现猎捕毛皮动物风潮。一个在长白山保护站工作二十多年的站长告诉我，八十年代后期盗猎最为猖狂，从狐狸到松鼠，从紫貂到水獭，这些毛皮动物数量下降约百分之八十。幸亏采取了禁猎和民间收枪措施，数量正在缓慢恢复。

今年的采野菜季，上山路遇两个老姐姐在大树下歇息。唠一会儿嗑，认识了一种新野菜叫枪头菜（学名苍术），有扑鼻草香。唠起女人上山易遭受的惊吓话题，其中六十二岁的老李太太胆子很大，年轻时跟老头子上山打松塔蹲窝棚，半夜听见狍子、猫头鹰大声嚎叫。她说，猫头鹰叫瘆人，嗞哇——把老头子吓毁了。她倒没咋地。后来有一回上山背柴禾，迎面撞见一个倒挂在树干上被扒皮、开膛、挖心的狐狸，雪地上淌一摊血。她第一眼把那当成半大孩子了，妈呀一声回头就跑，回到家大病五天。

无论猎狐养狐，都是为了取皮，给人类做奢侈衣裳。一张狐裘大衣需用狐皮七至十四张；一件狐皮外套需用狐皮四至八张。用料量依狐裘考究程度不同上下浮动。

狐心自古以来为动物药。《东北动物药》一书中记载：

采制：心入药。多在冬季捕捉，剥皮后取心，放通风处干燥留存备用。

应用：补益，镇静，安神。治癫狂，适量。

《楚辞·九章·哀郢》有曰："鸟飞返故乡兮，狐死必首丘。"狐死时头必定朝向它出生长大的山丘方向，这只是古词人的一厢情愿。无数被捕杀的狐狸均倒挂剥皮，头垂于地。

姚老大的生命结局我在长篇小说《野猪王》的后记有交代，顺便说说孟炮的厄运：有一次出猎，隔一条深峡，看见对面树下蹲着一只火狐狸。峡谷又深又陡，即便打着了也无法拿到猎物。可是，这个明晃晃的活靶实在诱人，顺过枪瞄上打了一枪。

他的七九枪被没收，用的是打单发的老撅把子（打独子的老火枪），打响后前方三米爆出一大团枪烟。冬季天寒，洗衣盆大的热烟似一团凝固的实体，悬在空中久久不散。反正猎物拿不到手，没等枪烟散去，他调头上山。当天贪黑回家，背回一头新打的半大野猪。

第二天仍上山，走到昨天打狐的地方，往峡谷对面扫一眼，咦，狐狸咋还在那儿蹲着？难道昨天那一枪没打着？

举枪瞄准击发。随后侧移一米，让过枪烟，向峡谷过面望去，不由两眼发直，狐仍以原来的姿势一动不动蹲坐树下。

刚才瞄得准准的。咋回事？难道是只打不死的狐狸？！

他偏不信这个邪，索性不上山，花半天工夫兜老大一圈绕到峡谷对面。到树跟前一看，是个早已冻硬的死狐狸，脖子上深深勒着一个钢丝套，以蹲坐姿势被勒毙。胸、腹各中一枪。

又过一年，孟炮单肩挎枪，骑自行车去河套打狍子。走下坡路时，前轱辘硌在石头上，摔个大前趴，枪从肩上甩出去，枪身在空中转了个圈，枪托朝外、枪口冲人摔落在地。由于发生强烈磕碰，摔得七荤八素的孟炮听见一声熟悉而清脆的击铁撞击声，一声枪响，弹丸正中右胳膊臂弯处……如今二十多年过去，他的右臂一直不能打弯，永远像根棍儿似的伸得笔直。

一个月连天大雨。好不容易等到晴天，迫不及待上山。原始林中第一批秋叶飘落，多是杨树叶和少量胡桃楸叶。覆盆子已熟透，捧在手中红玛瑙般殷红晶透。深蓝紫色的龙胆花打苞，这是秋季最美的花朵。大量带翠绿外皮的山核桃落地，今年是小收年份。一串串绿豆粒大的山葡萄挂满藤蔓，九月里当有大收成。细小的小花蛇刚出壳不久，在路边蜿蜒爬行。越橘进入采摘季，小燕子学会飞行，棉团铁线莲结籽，辽东楤木白花烂漫，头茬榛蘑露头，野玫瑰果实垂垂，长大的小鸳鸯聚成小群，各种蘑菇纷纷拱出地面……初秋时节，是大森林的黄金季。

自上次在大垅地与母狐一家偶遇，我没有再回去，那里显然是它们的家域。连国外专家都承认，狐狸是最难观察的。我不具备野外观察的方法、经验和设备，去那里只会再一次惊吓人家。不能只为自己写散文而使它们屡受惊吓，最后被迫搬家。这种事例我曾有听说。

谁知，在距大垅地三公里外的东山，又一次意外地与狐狸遭遇。

那里是一片山坳，不知为何当年没有采伐，留下了一片高大的鱼鳞松、红松、冷杉组成的针叶林。由于多年在山下的针阔混交林中漫游，我对暗针叶林的生物种类抱有极大的兴趣。所以只要是晴天，就带上干粮，整天泡在林子里。

那天和孙喜彦一起从林子里出来，在一条浅沟边他忽然站住，指着被压倒的青草形成的一条稍稍凹下去的浅迹说："胡老师，看见这条小道了吗？猜猜是什么动物？"

经他指点，隐约看出这是条兽径。过去，他曾领我看过獾子从洞口到沟底喝水踩出的小径，那只是一条青草略有倒伏微微泛青白的痕迹，没有相当经验决看不出来。

眼下这条兽径比獾小径窄一些、深一些，因此更清楚一些。有些被踩倒的青草已经磨损破皮，破皮处是嫩白新茬，冒鲜草浆，是动物常走的路径。

早年读过一篇写狐狸的译文，其中专门有一段讲述狐径的特点，最近曾重读。这下子可逮着一个在他面前显示的机会，于是引用文中原话答道：

"经得住狐狸压，就经得住人压。孙猴子（我给他起的外号），这是条狐狸小道。"

他用惊讶的目光看我一眼，"这老头哎，准看过书。别出声，我先你后，跟着踪蹓蹓。"

这下正挠到我的痒处：拍摄狐狸的诱惑实在太大了！在不打扰它们的前提下，哪怕拍一张照片呢。于是尽可能小心翼翼行进。脚下有茸细绵软的青草，身边有盛开的大蓟、山飞蓬、翠菊等野花环绕，微风送来针叶林淡淡松脂清香，耳畔有虫儿叽叽哩哩秋唱。这世上能有几人像我这样，亲身体验在狐径上轻悄挪移滋味？！

大约潜行二十分钟，鬼使神差一般，猛然觉得右侧有某种生物的目光正盯着我。扭头望去，几乎喊出声来——狐狸！

两只狐狸一立一卧。站立的那只侧身扭头机警地望着我们，躺卧的那只正闭目安睡。

野花青草间，绿树环绕中，两只毛色橙红的狐宛如画布上的逼真写生，安然不动。

好一幅宁静的画面。

我瞟一眼喜彦，他已回身，凝神静观那对狐狸。

这时节狐毛稀疏，身形瘦长，而且它俩的身形比成年狐要小一些。春天出生的幼狐成长飞快，四五个月即成龄。看那好奇且不知畏缩的目光，看那不明人类为何物的神态，这是一对刚刚离家自立尚不知愁滋味的少年狐。

赤狐的最大天敌有狼、猞猁、金雕和捕杀幼狐的大鵟。这种在数万年形成的敌对关系已深深印刻在它们的遗传基因里。奇怪的是，每个在山上遇见狐狸的人都说它们并不怕人。为什么它们没有把人类——这种采取无所不用其极猎杀手段的捕猎者列入骨髓名单？

我想大概有两种可能：首先这种遗传印刻是物种进化的一部分，为使种群躲避危险、延续生命。但是，遗传基因的印刻过程要有一个比较、验证之后再加以确认的时间过程，有时候这个过程很漫长。其次我们的兄弟物种远比我们宽容、单纯、乐天和容易满足。例如美国为获取皮毛，曾大肆屠杀西海岸的海獭，最后只剩下七十只。这种屠杀持续的时间不长，随后便采取了保护措施。现在优哉游哉漂浮在海面的海獭允许人类在身边同它们一起漂浮，没有丝毫恐惧。所以，只要人类停止杀戮和虐待动物，让它们自由自在生活，它们将很快忘记人类对它们犯下的血腥暴行，重新与我们和睦相处。

此时，我们面前的狐狸没有叫醒同类，仍用那种无邪无畏的眼神望着我们，而且像猫一样稍稍抬高下颌，后肢着地蹲坐下来。看它眼神里透出的机灵劲儿，四个多月前在大垡地被我惊醒，慌乱地围绕同伴转圈飞奔的红毛小狐大概就是它。

"这小家伙冲咱们笑呢。"

喜彦低声说。一贯粗声大嗓的他，这么小声说话可真没几回。

小家伙是在笑。雪白的嘴角上翘，暗褐的眼角上扬，眯缝眼，一副笑吟吟的模样。冷不丁看，好像迎面遇上邻家的小狗。瞧啊，它伸出了粉红色的小舌头，舔了舔下嘴唇，又伸出一双前足抓了抓地面，突然张嘴打了个惬意的呵欠。

喜彦拽了一下我的胳膊。是呵，该走了，让它俩在自己的天地里自在生活吧。喜彦分开树丛钻进树趟子，离开狐小径。我跟在后面，忽然想起一件事，伸手拍拍他的肩膀。

他回头冲我摆手，意思先不要开口，怕惊动狐狸。走出一会儿，他回头，"胡老师，我知道你刚才想说什么。"

"什么？"

"你想说，这两只半大狐狸，就是刚上冬咱俩把狍子留下做好事那回——哎，就是那个狐狸，它生的狐狸崽。"

正是，我俩想到一块去了。

知道犬科动物会笑，还是女儿六岁时教给我的。

有一次陪爷爷去买东西，女儿指着一扇窗户说："爷爷呀，你看小狗冲咱们笑呢。"

爷爷抬头去看，果然窗台上蹲着两只小狗，笑眯眯向窗外看。

儿童的天性与动物有许多相通之处，他们往往比大人更懂得动物的喜怒哀乐。

犬科动物绽开笑脸时两眼发直，下颚放松，黑鼻头后面堆满皱纹，目光中透出温柔神色，这时它的内心充满欣喜。吃饱的动物最开心，开心的时刻最好看。初秋是森林万物的成熟季也是收获季。刚成年的狐狸在这时候离家自立，它们同熊、野猪、貉、獾这些不挑食的森林伙伴一样，进入一年中食物最丰盛的增膘长肉期，每一天都像过大年，能不感到高兴和满足吗？过年的时候孩子比大人高兴，野生动物的孩子也一样。

两天后，在市场遇见卖蘑菇的老张头，他说香菇可炖排骨，珊瑚猴头可炒肉也可做菌汤，各买一斤回去尝鲜。聊天中，他告诉我在山上发现一个獾子洞，被他用倒木严严实实给堵上了。

听了这话，我觉得那不可能是獾子洞，獾子拥有多个出入口的洞穴群，最多的洞口有十三个，他不可能全部堵上或全部找到。狐狸有贮藏食物洞和临时避难洞，它的主洞穴一般只有一个出入口。进洞后有一段三四米长的过道，尽头是主卧室，整个洞穴是个死葫芦。当然，也有狐和獾在宽大的洞穴群同住，两家各居一隅，互不干扰；还有狐利用獾弃用的旧洞居住；我知道有老狐狸看中獾子的新居后，趁主人不在家（狐打不过獾，獾亦追不上狐），进洞到处拉屎撒尿，搞得臭气熏天。獾恰恰是爱干净、讲卫生的动物，在洞外有多个专用排便坑，嗅觉又特别灵，回家看见到处一塌糊涂，一气之下会放弃居所，另辟新洞。

凭我对獾子的了解，它肯定能逃出来。但万一他堵的是个狐狸洞呢？狐可不是獾那样的挖掘能手，还喜欢白天蜷在洞里睡大觉，那岂不惨了！于是请老张头明天带我去找那个洞。他答应了，但要求我凌晨四点在家门口等他，跟他一起上山采蘑菇。

第二天天不亮即出发，七点左右找到了那个洞。从远处已看见洞口翻出的新土，悬着的心马上落地。另外，这里不属于狐狸能看中的巢址。它喜欢在山沟里的背旮旯、乱石塘、倒木堆等阴暗隐蔽处挖洞。四周找找，果然有三个出入口，全被老张头用倒木牢牢堵上。獾真是好样的,用钉耙一样的前爪在倒木旁开出一条通道,像个小力士一样把倒木给推了出来。我趴在洞口闻了闻,一股潮润的森林棕壤的新土味道扑面而来。狐洞脏乱差,洞口常丢弃鸟兽骨头羽毛等,还有股熏人的狐尿骚味。

顺便说一句,那天的行走是一年中最劳累的,近八小时跟在老张头身后漫山遍野寻找猴头蘑,经过一段很长的泥泞路段,须在稀泥汤里跋涉,还摔了两个大跟头。不过,也因此知道了自己跑山的体能潜力。回头想想,今年最劳累的三次山林行走,全都为了狐狸。其中一次去了喜彦当年救狐狸的旧地,雨中来回跋涉三十六华里。

二十五岁那年,二爷从黑龙江的阿城来家里做客,他告诉我最重要的一句话是:记住,咱们家老祖宗和胡三太爷是把兄弟。

胡三太爷是狐狸,我们家老祖宗是熊。

我家是伊彻(新)满洲正白旗恩牛录西大院当差。祖先是居住在松花江下游的赫哲族,胡姓由呼什哈里氏族名而来。万历十五年,努尔哈赤在费阿拉称后金汗,开始不断征抚东海女真和黑龙江女真。康熙年间,老祖先被收服后编为新满洲部众,归大清统辖。

赫哲呼什哈里氏供奉始祖神为熊。

我曾问过喜彦,熊跟狐是啥关系?

"胡老师,记住啊,狐狸是蹭饭的,蹭熊的饭。我们在山里见过,熊正在吃或吃剩的动物尸体,狐狸经常溜边偷吃,再不就等熊吃剩它来吃。"

这与北极熊同北极狐的关系一样。狐狸有个与其他犬科动物不一样的地方:除了在肛门附近长有肛腺之外,在尾根处还长有一个特殊的专门分泌麝香味的腺体,这个腺体欧洲各国称为紫腺,日本称为名刺。所以,狐身上带有一种山里人称为狐臊的刺鼻狐臭气味。国外专家至今对紫腺的作用不甚明了,猜测可能与发情期传播信息素有关。

熊鼻子灵敏度极高,自然受不了这种气味,因此从来不碰狐狸。狐狸也利用这一点敢在熊餐桌旁打转。狼和熊不同,属食肉动物,又因食量大常挨饿,逮着什么吃什么,饿急了也不顾忌什么狐臊味。

我的老祖先观察到熊与狐的关系,当然无法给出科学的解释,便以人与人的关系去理解动物与动物的关系。见狐常伴随熊左右吃它的剩饭或与之共同进食,自然认为这两个不同种类却有福同享的动物是拜把子关系。

三十年前,二爷把接力棒交到我手里。如今,到了把"四海之内皆兄弟"这句古话重新书写的时候了,我与山上的狐狸是兄弟，人类与四海之内的野生动物也是有福同享、有难同当的兄弟——亲兄弟。

老天爷，不，是胡三太爷，在本文进入修改阶段时，赐给我一个鲜活的结尾。

九月二十日下午，上山拍白鬼笔照片，顺手采了一斤多冻蘑（亚侧耳）、大杯伞和几颗柳树蛾（毛头鬼伞幼菇）当晚餐。黄昏时到河边，沿河南行三华里有一窝水獭，这四个小家伙傍晚出来觅食。幸运的话，能看见它们在水中游动的小黑脑瓜和划开水面的大三角波纹。

河边有我最喜欢的散步小道。秋分将至，路上新铺一层青杨落叶。昨天一场雨，地面潮湿，落叶亦未干透，除走路不时刮擦路边草木发出轻微声音，几乎没有任何动静。突然，扑棱一声，一只水獭在身边一米处跳入水中。伸头扫视河面，巴望它能像上次那样从不远处露头。等了好一会儿不见踪影，我起身前行，上游有它们的老巢。

天色渐暗，四野寂静。水獭久未露面，该回家做晚饭了。我悄悄沿原路返回，刚走了四五分钟，蓦地，河对岸的原始林中响起一阵尖叫：

"喳——喳——喳——"

第一声叫惊得我全身一震，后两声叫已大喜过望，狐狸！

它在宣布主权并警告外来者不要擅入领地。

听上去，我俩相距二十多米。未感觉有风，我蹲下来，点燃一支烟，烟头冒出的烟向我这边飘。我在下风头，它应该嗅不到气味，准是听见了身体刮碰草木的声音。

它的尖叫不如狍的抗议声响亮且有杂音，我的老烟枪加破锣嗓学起来正合适。于是，我模仿它的尖叫回应。

"汪、汪、汪！"它转而愤愤吠叫，声音低抑有力，短促凶狠。能感觉到它真生气了，把我当成敌对者，亮出了恫吓与驱赶的叫声。不过，这吠叫像只半大小狗，透出些许年少稚嫩口风。

我心跳加剧，吠声再次证明它确是狐狸。狼、狗、狐都会吠叫、尖叫、嗥叫和哀鸣，其中狐的叫声早已被人们遗忘。而我在一年中能亲耳聆听狐表达多种不同含义的叫声，真乃万幸！

趴在地上，掩埋好烟头，隔着草木观察对岸黑沉沉的树木，同时以吠叫回应。小时候常学狗叫招惹恶犬，心里有这份自信。果然，听见我惟妙惟肖的叫声，它立即停止吠叫，随后对岸的丛林响起刮碰草木的声响，一只较大的动物正在树丛中穿行而来。

它被我发出的针锋相对的吠声激怒，决意一战，向我这边冲了过来。速度很快，而且真急了，噼里噗隆不惜弄出挺大响动。

从声音里听得出，它冲到河边，停下脚步，再不发出任何声息，想必在窥探我的反应。

河宽不足十米。黑暗中，它和我全都一动不动，紧张而专注。所有感官都在倾听、在凝视、在感觉，罩定对方所在位置。

一狐一人，隔河对峙。

借着河水的微弱反光，我睁大眼睛，牢牢盯住对岸树丛边缘一个微微泛黄、疑似狐头的东西。是一片大大的枯叶？还是它浅颜色的嘴脸？我拿不准。然而，我相信对方知道我在哪儿。在这个具有数千万年进化史的夜行性动物面前，我的一切暴露无遗。

寂静，无止境的寂静。间或，有两三声鸟儿浅睡梦醒发出的叮叮啼鸣，河水流过岸边枯树打个旋响起的咕噜噜水声……那个浅色的东西从未动过，只是片枯叶。任何人都不可能看见一只隐身于黑暗丛林的狐狸。

起身离去时，我想，也许有那么一刻，我曾跟它在黑夜中对视。

静静行走，尽量不发出任何声响。三分钟后，在对岸的森林，相距二十多米，与我并行的方向，又响起它愤愤的略带稚气的大男孩般的吠叫，"汪——汪——汪！"

呵呵，这小家伙火气真大，不依不饶紧紧跟随，非要把我这个老狐赶走不可。

"汪——汪——汪。"我亦连声回应。

狐吠一声，我回一声；狐吠一组，我回一组。于是，在河两岸，相距二十多米，一狐一人，边吠边并排而行。

这是我人生中绝无仅有的体验，相信世界上也没有几人有此经历——同一只狐用狐狸使用的凶巴巴语言相互应答。

大约走了一里地，它仍旧意志坚定。似乎我走多远它就驱赶多远，绝无罢手之意。渐渐地，我从得意中清醒，我俩之间的对叫属一种对话，但绝不是什么好话。它说的是，快滚，离我的地界远点！我呢，全靠模仿它的叫声作答，模仿得越逼真，意思越明了，它听了越生气。我得到了兴奋的体验，对它却构成打扰，而且极不礼貌，甚至是挑衅，对它太不公平。罢了，越早离开越好。

于是噤声疾走，可我的行踪根本瞒不过它那双顺风耳。小家伙仍同我保持平行距离，口中仍愤愤不平。我有些着急，难道得开跑吗？不行，跑起来声音更大……

"汪——汪——汪！"远处突然响起真正的犬吠。雄壮粗重低沉，似声声重鼓，显然发自一头体形壮硕的大狗胸腔。

我心中一喜，一公里外有火山观测站，后院养有一只体重七十斤以上的大黄狗，一定是它在吠叫。狗与狐势不两立，这只凶悍猛犬听见狐的叫声，立刻应声怒吼。

狐吠立止。

"对不起，狐狸兄弟。"我喃喃道。今晚上它遭受的这一气一惊，全都因我而起。

我有些负疚又满心欢喜地往家走。它的领地横跨寒葱沟及两侧山地，这一带离家最近。今年落雪后可有事干了，天天背上长镜头上山找狐狸足迹去，或许能在飞雪中远远瞥见它火红的轻灵身影。那时，我将续写我的狐狸笔记。

青鸟晨歌

三月初，严冬冻透的森林还未醒来，在清晨明亮的阳光与寒峭的薄雾中默默矗立。这时节进山，山里只有灰蒙蒙的森林和皑皑白雪，到处色彩单调，静谧无声，不见一丝活物的身影。森林被枯寂和惨淡的景色笼罩着，似乎永无尽头。

梆嘟嘟嘟……一串串高昂急促的鼓点忽然响起，一下子打破了黎明的寂静，也响进了你的心里。它脆快中带点圆润，听上去似用一根木棍不断敲打一段稍许潮湿的硬质响木。它来自莽莽山林，旷远洪亮，充满生机，洋溢着对明媚春天的憧憬，不知疲倦地在空中奏鸣着、滚动着、回荡着、扩展着，一波波传遍数重大山。立刻给寒封一冬的山林带来一阵急切清新的敲门声。你不知道声音来自何处，更不知道声音出自何种动物，只知道广袤林海在漫漫冬季的末期被它渐渐敲醒，万千冬眠中的生物睁开惺忪睡眼，倾听这响彻天地的敲门声。

这是北方森林最早的迎春鼓点，是白背啄木鸟用它坚实的长喙匆匆敲响的木鼓之歌，是它占地求偶的嘹亮领鼓。山林中的一切生物也已经感受到早春的气息，体内的生物钟在冬眠后期的朦胧苏醒中。大森林像一个清晨假寐中慢慢醒来的巨人,听到这清脆的敲门声,赶走最后一丝昏沉沉的睡意。在山上,只要你听到白背啄木鸟敲响的木鼓之歌,心头会泛起一股突如其来的欢喜波浪,恨不得把这种感受告诉每一个人。哪怕只听到过一次,那声音会铭刻心底,永难忘记。

跟在白背啄木鸟后面宣告占地求偶的是绿啄木鸟、黑啄木鸟和大斑啄木鸟交替奏响的木鼓之歌。它们一旦开始敲打,森林便热闹起来,一群又一群鼓手和歌手以它们各具特色的敲打、鸣啭和啁啾加入迎春大合唱。到处出现最鲜明的颜色和最嘹亮的歌声,残雪处处灰暗的森林立刻变了模样,朝气蓬勃的欢欣赶走了凄苦愁闷的气氛。鸟类唤醒了森林,唤来了春天。

嘌嘌嘌嘌……一串高亢清丽的鸣叫响彻山林,极似纯真女孩无羁的畅笑。

绿啄木鸟抢先出场了,它总是以它独具特色的鸣叫宣告它的出场。常进山的人都熟悉这种叫声,一年四季它都在鸣叫。我曾在凌晨两点半,听见它在初秋早晨的第一声亮啼,叫醒了夜宿的鸟群。不过这早春的鸣叫更加水润嘹亮。它往往站在领地中央最高的大树的顶尖,让歌声传遍四面八方。晨晖映照在它身上发出淡金光泽,使碧绿鸟羽呈明亮的绿金色,在蓝天的衬托下似一尊盈透玲珑的绿色玉雕。歌唱时它伸颈向天,唱出一串串求爱的晨歌。这歌曲具强劲穿透力,单纯直接,近乎原始,全无抑扬顿挫的韵律,但它却是第一个唱响早春情歌的鸟类,之后陆续才有各种鸟类亮开歌喉。鸟歌嘹亮,传唱四季。它是十种啄木鸟中最爱鸣唱的,歌声中洋溢着旺盛活力与热烈情意,那是它的生命之歌,是早春森林的前奏曲,是它生命中一年一度最美丽的绽放。

啄木击鼓是啄木鸟占地求偶的重要手段,常常与求爱歌鸣交替表达。接下来,该是绿啄木鸟敲打木鼓的演奏了,我久久等待,等待聆听它的木鼓之歌。

木鼓是生长在向阳高坡的干枯硬质大枯树或粗大的干枯枝干。这枯树或枝干内部因腐心造成中空,是啄木鸟击鼓的响木,又是它凿洞造巢的巢址。这种树洞巢穴一般由雄啄木鸟选址开凿,建成满意的洞巢之后,它开始在附近的枯树上敲敲打打,或者就在洞巢树上反复试音,找出一棵或数棵音质清脆、传声较远的枯树。经多次试音后,找出最满意的那一段空心木当做木鼓。通过长时间的持续敲击木鼓发出声响,一来告知同类已占据这理想的造巢地盘;二来招引雌鸟相看新郎和新房。雌鸟如果满意,会做出接受雄鸟求爱的表示,双方建立恩爱的小家。这种千万年固定不变的占地求偶习性,使木鼓的作用变得十分重要,所以啄木鸟选择的枯树要高大突出、材质干燥,达到声音响、传声远且有数波回声的效果,尽量让数平方公里范围内的雌鸟都听到自己的求爱奏鸣曲。

当时，绿啄木鸟的歌声绵绵不绝，一个宏大的声响震得我浑身一抖。

咣咣咣咣……真有声势啊，而且共鸣极好。好像有人持木槌在一棵大空筒子树上用力敲打。这声音洪亮中带点沉闷，在林中激起一波波震耳的声浪。我急忙转身，向发声方向望去，寻找那个制造如此惊人声响的人或动物。好在对方并未觉察我的存在，只管自顾自敲打。不过，这声音虽大，敲出的点儿却是啄木鸟的路数，连击四五下之后接着一个密集得听不出个数的拖长尾音。这个尾音连成一线，嗡鸣似和声并带出拖得很长的回响，宛如用力弹拨琴弦久久抖动后的余音。枯木不死啊，啄木鸟的大力啄击，唤醒了它体内那根沉睡已久的清脆的响弦，那持续有力的嗡鸣，久久回荡在群山。

循着震耳的鼓声，我一直走到黑啄木鸟击鼓的擂台下。真威风啊！半米长漆黑的身体闪耀着金属光泽，宛如闪光的煤精雕就。头部形似尖头铁锤，不住点地向下快速敲打那面一搂粗枯树干代替的大鼓。一抹红得耀眼的朱红从额前延至后脑，急遽敲打中犹如一簇旺燃的红火簌簌跳动，仿佛要点燃整棵大树。一双似钢铁铸造的大张钩爪紧紧抓住树干，结实颀长的黑尾牢牢支撑树身，使它的全身呈后蹲姿态，保证它头颈部大力频频挥动，那形态颇似一台设计精干的小型打桩机。晨晖正好照彻全身，给它身体的向阳面涂一层淡金色亮光，抖动中金光灿灿，恍若神物，使暗淡的原始森林改变了模样，到处充满阳光。

退到一丛矮松树后面伫立良久，沉浸在这蕴含无限活力的巨大声浪中。忽然，鼓声停止了。少顷，一种激越嘹亮的鸣叫响彻森林。

嘎，刚刚刚！嘎，刚刚刚！

头一声嘹唳似一声刚硬的大嗓门提醒，"看，我在这儿！"着重在"看"。后面的叫声在告诉对方自己的方位。哦，它在招呼女生。我听懂了。

探头出去，旁边的大树干上落另一只黑啄木鸟，正抻脖子探看黑鼓手。原来雌鸟被它的鼓声吸引，飞来看准新郎。那位求婚者见雌性鸟影，叫声更急，声音更大。声声急，声声唤，这是它求偶二重奏的第二段，鼓声震天之后的大唱爱歌。这种人类听来也许觉得单调无趣，不符音韵的短歌，在雌鸟听来，却是一曲情真意切表达海誓山盟的爱情之歌。和人类一样，歌声里有心急火燎的催促，迫切的相思，无限的情意，永久的承诺……而雌鸟用审视甚至挑剔的目光来相看准新郎和它建造的新房，依满意与否决定是去是留。此时它已跳到准新郎的大树上，看样子，它喜欢这个能击鼓又会唱歌的小伙子。未婚异性初识，尤其彼此互生好感,这时候是最敏感最羞怯的微妙阶段。我悄悄向后退走,这是它们一生中最重要的时候,绝不能打扰。信天翁年轻时配对成双,此后缠绵相守50年,是地球上感情维系最长的鸟类。黑啄木鸟一旦求婚成功,小两口会厮守终生,十几年共住一个树洞巢。

那年冬天,我在二道白河水渠边见到三棵从头到脚被剥光树皮,树身被凿啄得千疮百孔的高大云杉和鱼鳞松枯树。每株树下都堆着大堆的大块干树皮。此处距初春见到黑啄木鸟求偶的地方不足两公里,是那对小夫妻干的活。黑啄木鸟终生固守领地,在家域10公里范围内觅食。一棵枯死的云杉上有上千只蠹虫钻孔打洞,黑啄木鸟一旦发现虫孔,整日守着枯树敲敲打打,来一次彻底的大手术。钻入树皮下和木质部深处的蠹虫能很快毁掉一棵茁壮的大树,只有啄木鸟能消灭它们。尤其黑啄木鸟对森林贡献巨大。

真遗憾,它们专心捉虫时声响很大,我却没有发现,那是个多好的观察机会呀。靠近观察与打扰对方是一对矛盾,它们贪馋觅食时应该是个隐蔽观察的大好机会。

黑啄木鸟还有两种打招呼的鸣叫,其中一种很有特色的鸣叫,我在长篇散文《蘑菇课》中有详尽的描述,大概是召唤远处的伴侣。另一种鸣叫它经常用,是召唤附近的同伴,哽——嘎——哽——嘎——"哽"音近似拟音,后面的那个"嘎"像是一种呻唤，拖得很长，尾音渐弱，像人在用假声发出细声细气长长的呻唤。去年秋天，我又听到了同样的叫声，在不远处的林中。循声过去，发现在那棵熟悉的大枯树上端，一只黑啄木鸟在树洞旁鸣叫。

这是那对黑啄木鸟——我的珍稀而又尊贵的新邻居的家呵。

愈古老的原始森林愈珍贵。长白山的原始森林有三百年以上的历史，林中有数不清的各种枯死的杨树、松树及橡树，它们木质酥脆，大多有腐心，是啄木鸟造巢的理想地点。原始森林是地球上的自然圣殿，林中的一切都是宝贵的财富。

看见那棵上中下连凿了三个洞的洞巢树时，我格外高兴。树就在河边，可以常来看看它们忙碌吵闹的生活。大斑啄木鸟在旁边的树上击鼓，嘟嘟嘟嘟嘟……声音有力、圆滑，虽没有白背啄木鸟的鼓声响，却透出一股水灵灵活泼劲头儿。

这种啄木鸟十分美丽，尤其求偶期婚羽格外艳丽，第一眼看去花哨得令人目眩。那遍体白花斑和花纹点缀在雄鸟漆黑的羽衣上，像白色花瓣一样闪闪放光。胸腹雪白中透着淡淡橙黄，至两胁呈火焰般橙红，仿佛它迸发的热情。头顶那朵鲜红与颈部红环红得像滚烫的火炭，点燃了它体内求爱的火。这样的艳丽飞鸟在暗色的林梢穿梭，简直像一朵林中飞花。

在林中行走一天，至少要听到两三处大斑啄木鸟的鼓声。有一只勤勉但不太艳丽的啄木鸟每天都在啄木击鼓，却总不被雌鸟相中，它勤勤恳恳，毫不气馁，一连敲鼓九天，终于等来了意中人。大斑啄木鸟的喙十分坚硬，堪称"钢嘴"。它们钟爱正当年的橡树，不管材质多硬，它只管哐哐哐凿将去，有的还专往木节子上叨。这是森林中数量最多的啄木鸟。这时，一只在林中穿梭的鸟影进入眼帘，谁呀，飞得如此快速轻盈，是松雀鹰吗？它时而大幅度升降，时而飞快兜圈子，时而笔直穿行，简直像一颗小流星。定睛细看，是只漂亮的大斑啄木鸟。我太熟悉它飞行的路数了。但它今天与平日里的飞行太不一样，飞行速度和姿态异常快速灵活，我的眼睛几乎跟不上。尽管树林很密，它却一根细枝和枯叶都未刮擦到。看来它集中了全部精神投入这场尽展飞行绝技的表演。不过，令人眼花缭乱的飞行中透出一股急匆匆的炫耀劲儿，动作幅度大且夸张，不知疲倦，仿佛全身陡然注入了无比旺盛的活力。这场景真让我大开眼界，也激起强烈的好奇心，平时啄木鸟目的性很强，绝不轻易耗费宝贵的热量，它为什么如此表现？对了，只有在求偶季，当着心仪雌鸟的面它才会这样表演。

　　一只静止不动的鸟影吸引了我的目光，果然是雌性大斑啄木鸟，颈后无红颈环。雌鸟来挑选新郎时，总能寻一个最佳的观赏点——一根高高伸出的树枝。别看高枝上的雌鸟一动不动，其实它目光流转，一直在展示各种本领的雄鸟身上。雄鸟的飞行更加卖力，展示各种飞行本领的速度加快且隐约有风声。雕塑一样的雌鸟忽然动了，它扭头打量一下雄鸟，展翅跃下树梢，紧跟在流星般飞掠的雄鸟身后，一起在林中穿进掠出，它的飞行技巧一点儿也不比雄鸟逊色。雄鸟在雌鸟面前表现的这一切，为的是让对方看到自己迅捷的飞行、鲜丽的羽色和灵活的姿态，表现自己年轻健美机敏的身体，好身体也意味着生存能力强，能照顾好妻儿，给子女强壮的基因。雌鸟找配偶时最看中的就是未来老公强健机敏的身体，它要繁殖最好的后代。

　　望着在树林间你追我赶的那对年轻美丽、沉浸在初恋中的鸟儿，我知道，雌鸟这么做完全发自内心的喜爱。这是一个多么幸福的开始啊。我一定要在不打扰它们的前提下，隔三差五来看看小两口的幸福生活。

　　万万没想到，第二天我兴冲冲地背着迷彩帐篷来到洞巢树附近，躲在大树后面举起望远镜望去——冷冷清清，拳头大的三个洞口个个冷冷清清。它们走了，不想在这棵树上建立新家。但我还抱着一丝希望，也许它们出去觅食了，等等看吧。等了一上午，之后又连续三天来这里，它们再也没有出现。放弃这棵洞巢树，一定是雌鸟的主张。这等大事是雌鸟说了算，其中的原因我们人类无法搞清楚。另找一个它认为安全的地方重选巢址，鸟类自有鸟类的想法。

听过白背啄木鸟的领鼓，黑啄木鸟的大鼓和大斑啄木鸟的中音鼓之后，棕腹啄木鸟和三趾啄木鸟的弱中音也陆续敲响，小斑啄木鸟细碎的小鼓也频频响起。仿佛一夜之间，森林里所有大大小小的雄性啄木鸟都接到春的消息，施展各自的身手在木鼓上敲敲打打，组成了一支松散而庞大的鼓手群，急切响亮的群鼓奏鸣传遍森林每一个角落。

让我想不到的是，啄木鸟大家族中个头最小的小星头啄木鸟，会有那么出人意料的华丽登场。这种稀有的小鸟全长15厘米，跟大山雀差不多大，常混入各种山雀的群体，"咭——喊喊"地叫，异常活泼多动，好追逐打闹而显得十分突出。在山坡上，忽听树上传来"拖噜噜——拖噜噜——"的欢快声响。定睛看，是它，几乎近在眼前。它正在做出奇怪的举动，起劲地用双翅拍打胸脯，发出一串串声响。

又学会一个啄木鸟求偶新招数，拍胸脯。这无疑是一种占地宣告和求爱表演，作用与啄木击鼓相同。

一只小巧灵活鸟影一闪，雌鸟闻声而至，灵巧地绕树飞旋。雄鸟立即起飞，跟雌鸟身后，在树杈间一前一后舞蹈般盘旋。咦，又一只鸟加入。三只鸟忽高忽低、忽左忽右异常快速地绕圈飞舞，飞舞中两只鸟突然在空中相撞，转眼便缠斗在一起，随后又马上分开。追逐、厮打、纠缠、分开、飞来荡去，速度快得根本就看不清厮打的细节。忽然，一切又都停止了，三只鸟呈三角形落在树杈间。求偶场多了一个竞争者，应该是常见现象，可我是头一回见。雄性小星头啄木鸟头枕两侧各有一个小红细斑，多出那个竞争者应该是雄性。举望远镜细看，果然如此，两雄一雌。雌鸟原本身后跟着一个追求者，它肯定对这个追求者不太满意，又被这个雄鸟拍打胸脯的声音深深吸引，毫不犹豫地飞来另寻新欢。在鸟类世界，求偶成功与否，由雌鸟说了算，雄鸟只是候选者。但先前那个追求者不甘心，仍纠缠不休。

啾啾啾啾……一只雄鸟忽然发声，音色干净脆亮，虽嗓门不大，但相当卖力。这一定是它的求偶鸣叫，雄鸟把十八般武艺都亮出来了。听到叫声，雌鸟立刻落到它落脚的那棵树上。另一只雄鸟马上起飞拦截，三只鸟又开始在树枝间追打，把前一次追逐厮打重演了一遍。再次落下后，三只鸟默默蹲伏在各自的树杈上不动。少顷，一只雄鸟侧过身体，向空中举起一扇张开的翅膀。我大吃一惊，举起望远镜仔细观察。举起的是左翅，污白色或淡灰色的内翅朝向我，此刻已被阳光映透，像一面高挺笔直、帆面张开的小小白帆。半透明翼扇上根根翎羽紧绷，弧线优美的羽翮一列列匀称排开，羽毛的每一个细纹、羽斑都纤毫毕现，又像一幅精雅的扇面。忽然，雪白的翅膀幻化成浅褐颜色，翅面还分布米粒大棕斑，像一片透明的脉络分明的饱满树叶。三月初哪来的树叶呀？细细地看，原来它收敛左翅，举起浅褐翅面的另一侧右翅，右翅的褐色覆羽朝向我，亦被阳光映透。于是我看到了雪白的左翅和浅褐右翅，而且都呈现出半透明的精致翅翼图案。就这样，它忽左忽右向雌鸟轮番举起左右单翅，尽情地展示美丽翅膀。或者，它在跳一种举翅舞也说不定，答案只有它们知道。后来，这三只精力无限的小鸟追追打打，渐渐离去，我没看到最后的结果，但见识了这场罕见表演已经足够。热带雨林的鸟类，在求偶时有鼓翅炫耀的行为，今天它们告诉我，寒温带森林的鸟儿也拥有这种本领。我是多么幸运啊，每一次不知疲倦的森林行走，都能亲眼看到原始森林呈现的美丽奇观。

　　惊蛰至春分的短短十几天，啄木鸟们的求偶表演渐至高潮。连续数年，我坚持上山观察，终于在2011年的早春，大森林又一次拉开帷幕，让我看到一场绿啄木鸟表演的"惊艳"之舞。

　　当然，勾引的老招数，击鼓和唱歌是不变的，直到雌鸟闻声而来。当它落在枝头，偏转头颈，带着好奇而审视的目光凝眸雄鸟的刹那，雄鸟全身立刻像通了电一样发生一阵震颤，震颤中它微张双翅，蓬起头上及颈后的羽毛，塌腰耷尾，一副怒气冲冲的打架模样。不对，考虑当时的情境，正相反，它被一股狂喜冲昏头脑，要干点疯狂举动去吸引雌鸟的注意。隐蔽好的我刚冒出这个念头，它已转入下一个动作，开始一番奇特的让我瞠目结舌的举动。它双翅快速抖摆，浑身剧烈摇颤，身上每根羽毛都竖立蓬松，使形体显得更大。同时双脚不住点地倒腾，一边大幅摇摆身体，一边沿树干一耸一耸奔窜。这是它的炫耀表演吗？这种行为毫无规矩也毫无控制，只是一种无序地用一切异样举动吸引雌鸟注意的半疯狂行为。但如果为吸引雌鸟注意，那就一定是炫耀性表演。它奔窜、摇摆、颤动，幅度大且招摇，使它的整个身体变成了一个由三种连贯动作组成的热烈而欢快的银绿色毛球。在人类眼里，它的舞姿可笑而滑稽，如果称它为"舞蹈"的话，那是机械舞与街舞混合的怪诞之舞。然而在雌鸟眼里，它肯定是一个身手利落舞姿狂放的劲舞高手，它所表演的一切，都强烈打动它（她）的芳心，使雌鸟情不自禁在树杈上向前挪移，脖颈上的羽毛也不自觉地耸动起落。舞者踏步舞动了三十秒钟，沿树干上行七八米，这时忽然横移，边舞边沿横枝杈向梢头舞去，直到压弯梢头才蓦地转身，抖抖颤颤舞向另一面的横枝。它这样上上下下、左左右右、摇摇扭扭，沿树干走向和枝杈分布边舞边行，舞出一个个大大的歪歪扭扭的十字。太阳从云层中露头，整棵树被瞬间照亮，舞蹈的鸟儿在阳光映照下身体像被涂上一层银光，这银光随着它疯狂摇摆四处迸射，使它的舞蹈更加炫目，连带这棵树也仿佛随着它疯狂起舞。

噢，这个阳光小舞者，顺便把整棵树都变成了舞蹈之树，使千万棵树组成的树林全都黯然失色,只有它是唯一,唯一一棵跟随啄木鸟共舞的树。树会起舞吗?狂风中的树,斧锯下的树,山火中的树,都毁灭中起舞。然而,春天里最早焕发勃勃生机的树,是被啄木鸟选做起舞的树。我和雌鸟一起目不转睛(尽管我没有扭头看它),我相信它一定会被这个为它唯一一个观众所跳的非常之舞所征服。

　　我明白了,它是在以新凿的洞巢为中心,使尽全身解数,跳一个极尽炫耀的邀请舞,邀请雌鸟前来参观新巢,如果达到心目中的满意度,它将与它共同组建一个小家。果然,扑拉一声,雌鸟展翅飞落到新巢的洞口旁,侧目向洞内望去。它立刻停止一切舞蹈,伏下身体,贴伏在树干上,一动不动望着雌鸟。似乎在说:拜托,请进去看看我造的新居,选址、布置、装修是否合意?不行的话,我再造一个更好的新房。原来这是绿啄木鸟全套求婚仪式啊!人类的求婚仪式有许多种,或简单或复杂,但都离不开男方向女方真诚表明心迹,然后奉上新生活的基本保障。啄木鸟与人类一样,它的求婚仪式靠卖力的演奏连带舞蹈来展示自己的体力,最后向女方献上一个新家。被它打动的雌鸟进入新巢审视一番,若满意,就伏下身子趴在巢中,做出交合的暗示,于是小两口共结连理,订下终身,为哺育第一窝小宝宝忙碌起来。它们俩,森林中的舞者和观众,万万没想到还有第三双眼睛注视这一切。也万万没想到这个外来者的态度在随着深入观察发生着变化——我被彻底征服了，和雌鸟一道。

在写上面的文字之前，接到在北京实习的女儿发来的短信："上海台'舞林争霸'超好看！"不但超好看，而且很感人，于是连看数期，过足了瘾。可是，人类舞蹈与鸟类舞蹈是在不同的舞台上表演，人工灯光下和自然阳光下的不同舞台，欲望颇多与目的单一的不同舞台；经过长期艰苦训练与发自内心本真表演的不同舞台……孰轻孰重？孰远孰近？孰生孰亲？孰短暂孰久远？我心里早有答案。他们有三个舞蹈界大腕点评，上亿名观众倾倒。它们只有我一个人为之默默着迷。我多么希望反过来呀，怕是永远不能。

它们的舞蹈已经跳了千万年，这是啄木鸟的永恒之舞。人类再美丽的容颜，再时尚的服饰，再奇幻的舞姿最终都会像流水一样逝去。只要神圣的森林永存，比人类早诞生1600万年的鸟类也会永存，即使因下一个冰河期到来而灭绝，也会在下一次生命轮回中重生！

在长白山原始森林中行走六年多，由十种啄木鸟组成的大家族是我最亲密也是最常见面的朋友。我见过蚁䴕的胖嘟嘟幼鸟出巢，初见天日的它在巢门大声叫妈妈；见过棕腹啄木鸟遥遥飞翔，它颈胸腹的棕黄色在夕阳中被染作明黄色；见过小斑啄木鸟短暂的求偶表演，它笨笨的是个新手，完成全套动作也没追到女生；见过三趾啄木鸟在树干上觅食，见人来马上机灵地转到树后躲猫猫……

今年三月初，我回省城调养身体。在公园散步时，忽听前方传来"嘹嘹"两声亮鸣。抬头看上去，不远处的杨树枝上，一只绿啄木鸟盘在上面，向远方鸣叫。

绿啄木鸟，我的老邻居。恍惚间，我仿佛回到了长白山原始林，面对一只安坐树上绿松石雕刻般的绿啄木鸟。我下意识地去抓相机，抓了两抓，胸前和右腰，都抓了个空，这才意识到自己身在长春公园。

少年时在山里见过它的身影，以后每隔几年都有缘见到。印象很深的是2007年冬，河边的黄菠萝（黄蘖）树结满一串串黑色果实，每天吸引一群绿啄木鸟来树上啄食。这果实拇指甲大小，乌黑干瘪，初尝时有甜味，之后泛出难耐的辛辣涩麻，马上就得吐掉。可观察来树上啄食的绿啄木鸟们，个个都忙碌着，而且为了吃到干果，它们像杂技演员一样做出各种各样平日里难得一见的高难度动作，看来这果实是它们喜欢的食物。

那几日也是我忙碌的日子，每天上午阳光充足时便急火火赶来，选位置隐蔽，待鸟儿们展现各种姿态时一通乱拍。一连3日，已知它们在每天的上午和下午阳光最盛的时候飞来啄食。那些天，绿啄木鸟的飞行姿态、体形、羽色、花纹、眼神等种种特征都深深印在我的脑海，直到今天仍历历在目。由于喧嚣的鸟儿飞旋吵闹，其他留鸟也到附近凑热闹。不同种的鸟儿有互相吸引一块觅食的聚群习性，因为聚集的地方既安全又有丰富的食物。这些凑热闹的鸟儿给我印象最深的是鸦科鸟类、大斑啄木鸟和长尾雀。斑鸫本属夏候鸟，但也有少部分留下过冬，长白山就有它们的身影。斑鸫也喜食树木种子，那几天常环绕在绿啄木鸟的外围，等人家吃饱离开，才去黄菠萝树上吃几口。绿啄木鸟人多势众，聚集时多达11只，估计整个家族沾亲带故的都到了。大斑啄木鸟来附近觅食，只因树上有多只绿啄木鸟当哨兵，有人打扰自会做出反应。所以放心大胆地在居民的坪子垛上捉蛀虫。这小机灵鬼明白在新劈的劈柴里找虫子，比在树上凿洞省力省时。长尾雀俗名春红，全身淡玫瑰红色，三三两两的喜欢在黄菠萝树下的蒿草中寻草籽，有时就在我眼皮底下"居居居"边叫边溜达。这种美丽的小鸟叫声文弱，羽色极富魅力，通体粉红，我更愿意叫它们的老名长尾粉红雀，它们是我镜头中的常客。偶尔，红腹灰雀和普通鸦也来河边灌木丛中觅食，绿头鸭们更是河里的常客。那几天，我还与一只麝鼠走了个面对面，它嗵的一声入水，淡黄色的身子在清澈的水下飞快潜游而去。

绿啄木鸟数量不多但较常见，它们不太怕人，而且经常在林缘活动。与这个吃黄菠萝树果实的家族相识后，我跟它们保持了长达5年的友谊。因为它们中的一对（可能就是跳舞求爱的那一对），把家安在了二道白河西边小山冈背后的次生林里。小两口的家域旁边有一条林间小路，是我去寒葱沟原始森林的必经之路，所以跟它们经常见面。

第二次相遇，是在转过年的5月中旬，我从山里回来，忽见路边丛林深处有鸟影闪动，接着飞到高处叽叽呱呱调笑。蹑手蹑脚走近去看，一株大枯杨高处，侧面隐约有树洞，更有一鸟后半身扭动进巢。森林里有太多隐藏得极巧妙的鸟巢，与周围环境融合得天衣无缝。若能碰巧遇见一窝，等于海滩沙石中寻见一枚宝石。

我知道鸟巢的珍贵，那是森林的无价之宝。于是伫立如桩。哪知在树洞边阴影中，一个灰暗树瘤倏地侧转，向我凝视片刻，忽地振翅起飞，一个短距离冲刺，穿入小溪边的柳条丛中，稍后传来亮啼。啊，绿啄木鸟！于是移步过去，透过层层柳帘，见它贴在矮树上并有啼鸣传出。距七八米止步，学相同鸣叫做答，绿啄木鸟亮脆水灵的召唤须勒嗓假声才像。它回应了；再叫，再回应。不由且惊且喜：与鸟应答，入心入境，极真极纯。

世上最动人的时刻往往很短暂，自然与人的融合同样短暂。5分钟后，它不再响应，牢牢紧贴树干不动，似听出或看出我非同类。为安全计，它完全化身树的一部分。如此做法，属自保习性，往往在天敌眼前蒙混过关。

我叫啊叫啊，叫了很久。同样，它把自己当成树也当了很久。最后我看看表，已过两小时，实在挺不住，举相机迈前一步。一直背对我的它像脑后长了眼睛一样，马上振翅起飞，落在10米外的小树上一动不动。只有10步远，还过去吗？它明摆着想引诱我再过去，用它那一动不动的魔法跟我再耗两小时。这才明白它真用心，它鸣叫并非表达愉悦情绪，而是向伴侣报警并兼有吸引我注意力的作用。我有个毛病，观察动物时往往忘记一切。它恰恰利用了我这个毛病，成功把我的注意力从它的巢边引开。

几次交往下来，绿啄木鸟给我上了几次宝贵的丛林课，因此对它格外尊重，以后再也不靠近它家。如果瞥见青色鸟影，只远远用望远镜观察它的行动，再不动拍摄它的念头。没想到，后来这个家族的一个孩子，竟意外来我家做了一回小客人。我常走的山路上有许多标志物，它们大都是较醒目的自然物。有时是一块突兀的巨石，或是一棵特征鲜明的大树，再或是一条横穿路面的小溪；还有时是一个松鼠巢，一盘倒木树根，一丛空中摇曳的冬青……总之，每一个在身边掠过的有特点的自然物都逃不过我的眼睛，它或它们，必然要接受我的特殊待遇，这待遇便是为它们命名，尽量准确，易记并最好带有一些文化意味或诗意。

每次路过这样的标志物，我或是在它旁边歇脚，或是前后左右流连一番。

以野生动物命名的标志物要多一些,其中每一个都有一段鲜活而深刻的记忆。其中有一个叫"大斑雕花树桩"标志物。

大斑指的是大斑啄木鸟,雕花树桩指的是一棵两搂粗、一丈五高的大树桩。树桩是大空心木,而且一半树身已干裂崩落,敞口的树桩像个半圆形内部掏空的站立的大木槽,木槽的内壁已完全枯朽,极度干燥使朽木内部表面皱缩成一条条规整的短波浪纹。它们一纹连一纹,一片连一片,精细紧致,色泽朴素浑然天成,是大自然不经意间精雕细琢的工艺木雕,具有人类无法创造的素雅之美。每次路过,我都长久地驻足观赏,打心眼里赞叹原始森林中枯朽树木呈现出的独特魅力。

这棵大树桩还有一个值得流连之处,早春时节,在这个地点听大斑啄木鸟及相邻的其他啄木鸟的木鼓之歌,声音来得格外清晰,因为这里是那只击鼓而歌的大斑啄木鸟领地的东南边界。站在这里,能听到森林中此起彼伏的木鼓声。这声音告诉你:这里是啄木鸟的世界,它们与森林同生存共命运。

初夏的一天,我来这片林子采香菇。林子里有几棵老橡树倒木,如果那年雨水充足,倒木上会长出肥美的香菇,行行缕缕长满整棵倒木。每次远远看见长满赫红色花朵般大香菇的黑沉沉倒木,心头涌出惊喜简直无法形容。不仅仅午餐或晚餐有了着落,还等于发现了森林的一处宝藏。这宝藏有时是一挂初染白霜的山葡萄，一颗有托壳的新橡果，一个盛满籽粒的百合花蒴果，一枝缀满莹透红果的槲寄生青杈，一盏编织精妙的雀巢……森林的奇妙造物带给你的惊喜是无限的。

在散散落落的长着香菇的大倒木旁边，我总是强忍蚊蚋的叮咬，先给大城市里朋友们发一通短信，表达内心的欢喜。然后拍照，接着用小刀把一朵朵香菇韧柄割断，把摘下的香菇堆成小堆，再把几小堆蘑菇收进筐里。那天仅在一棵倒木上就收获了六七斤香菇，虽然脸上、手上被蚊子叮了七八个包。当我兴冲冲满载而归时，头顶绿油油的树冠中忽然起了大喧嚣。

驾驾驾……一阵阵急匆匆糙粝鸟鸣在我四周响起。它忽上忽下，忽左忽右，不断发出愤怒抗议和惊恐呼叫。它动作太急太快了，一刻不停围绕我蹿跳飞旋，几乎看不清鸟影。但我还是看见了那一闪即逝的迅疾黑影，是大斑啄木鸟妈妈。

它如此躁动不安，肯定原因在我，附近应该有它的洞巢。今天是6月5日，健康长大的幼鸟快要出窝了，鸟妈妈要拼命护巢。

为使它不再焦躁，我转向树后躲避。

"嘎嘎嘎！"清润嘹亮的鸟鸣从眼前黑洞洞的树洞里传出。

是幼鸟。小家伙尚不知危险为何物，见洞外影子晃动，以为妈妈归来，立刻张大嘴索食，这是乞食的鸣叫。树洞齐眉高，洞口约小儿拳头大小。里面黑洞洞什么也看不清。

大喜。以往见过的啄木鸟洞巢都高高在上，这是第一次遇见雏鸟在巢中的鸟巢。只需将镜头放在洞口，启动闪光灯再按快门——不，不行啊。幼鸟见不得强光，视网膜太嫩弱，和婴儿一样。

这时鸟妈妈已飞临我的斜上方，斥骂声更加激烈并相当惊慌。

我收回相机，迅速转往下一棵树后，接着再转向下一棵，下一棵。一步步远离那棵洞巢树。

从此，那里成了我的禁地。大斑啄木鸟一般以洞巢树为中心在250平方米范围觅食，那两棵长香菇的橡树倒木在它家附近。再过一个月，等幼鸟平安出巢我再去采二茬香菇吧。那时鸟妈妈带子女进林子练习捉虫本领，再不会打扰它们了。

大斑啄木鸟每年秋天造巢，它放弃的旧巢常有椋鸟、白腹鸫、山麻雀等鸟类入住；红尾鸲、家雀、大山雀、蚁、小鸮也有来安家的。我曾在一棵有啄木鸟洞巢的橡树根部发现一堆黄澄澄的五灵脂米（小飞鼠粪便）。这说明鼯科小飞鼠看中了这个新居。蝙蝠也有乔迁其中的。这些留存几十年的树洞，每年至少有一半被各种鸟类住满。大斑啄木鸟常年在树上大量捉虫，其中八成是小蠹虫、天牛及吉丁虫，是森林最凶恶的敌害。在防护林带，它往往能把90%的害虫肃清。

在大斑雕花树桩向上走，东南方两公里处，是我新发现的黑啄木鸟的领地，相反方向一公里，是绿啄木鸟的领地。如果上山的目的是去看啄木鸟，我会从绿、斑、黑三种啄木鸟的领地沿山路依次向上走。有一天，刚入次生林，透过繁密的灌木丛，觉得林子里有个东西在动。蹲下身去，见一只绿啄木鸟在地上蹦蹦跳跳向前，还频繁低头在地面啄食。啊，它正跟着地面的蚂蚁纵队前行啄食蚂蚁呢。它真聪明，用这种办法取食，很快就能吃饱。

由于绿啄木鸟尖喙质地较软，远不如黑啄木鸟强大如钢凿的喙，所以它们的食物很不一样。黑啄木鸟大多吃朽木蠹虫，食谱单一。绿啄木鸟食谱广泛，树皮缝中的小虫、浆果类、树木种子、蚁类等都是它心爱之物。

没想到，它前面出现了一块石头。显然蚂蚁纵队在石头缝里照旧行军，丝毫不受影响。它也想登上石头，继续美食之行。那石头有个70多度的陡面，高尺余，啄木鸟想爬上去。它长着一双善于攀登的足爪，上去应该没问题。可是，只向上抓挠了两步，它便滑了下来，摔了个大马趴。我笑，它每只脚上都有三个长长的前爪和一个后爪，尖利有钩，攀树如耍杂技，怎么会上不去呢？想必它也是这么想的。于是又向上爬，于是又一次滑下来，而且摔得更惨。我大笑，若不是亲眼所见，谁会相信在高大笔直的光滑枯树干上灵活行走的啄木鸟，会一次次从矮石头上滑下来呢？

太滑稽了，简直是动画片里的场景。蚂蚁们看见这个场面，也会捧腹大笑吧?

我的笑声惊动了它,急扭头看我,似乎面露窘态。悔意十足地呱一声叫,急振翅飞入丛林,藏在一个矮树桩后,再不露面。那是它喜欢的落脚之地。以前路过,它总露出半边脸窥视我,看来这次真的糗大了。虽然我一直绕着大斑啄木鸟的洞巢树走,还是能看到听到这一家子忙碌的身影、愉快的鸣声和快速叨木声。

日子长了,它们也不太怕我了。有一次我在小路的倒木上休息,忽觉头顶落了些碎屑。抬头看,是两只出窝不长时间的小哥俩,正在身边的枯杨上捉虫。一只将尖嘴伸进洞内,又迅速伸出,长舌头往外钩虫。它的舌尖有小钩,钩上有特殊神经末梢,专司触觉作用。能感知隧洞深处蠹虫并钩出来。另一只悬在撕下一半的树皮上向下剥树皮,玩心忒重的它不去找树皮下的虫子,而是找到一个乐子,挂在撕下未断的干树皮上荡来荡去打秋千。轻巧灵敏的它天生就是为树而生,玩得兴起时即兴做出一串翻转飘移倒挂旋子的动作,看得我眼花缭乱,真是比杂技还杂技。

黑啄木鸟比较严肃,生活有板有眼,有时能听见它咣咣咣凿树捉虫。由于它活动范围大,看见鸟影的机会不多。如果偶然碰到,它也并不怕人,相距十米左右才从容飞离。那次意外遇见它,正在一根大倒木上扒树皮捉虫。它起劲地掀开一张张干朽的树皮,飞快地把一只只蠹虫吞进口中。它是个大食客,国外鸟类学者曾在一只黑啄木鸟的胃中捡出913只以蠹虫为主的对森林威胁极大的害虫,其中各种蠹虫及蠹虫幼虫879只。还有云杉天牛、叩头虫、吉丁虫等有害甲虫。眼下这只黑啄木鸟只顾埋头进食,没看到倒木末端是一只灰松鼠的餐桌。灰松鼠端坐在一颗大松塔旁,飞快扒出一粒粒松子,存入两腮的颊囊。大鸟把碎树皮、朽木渣扬得四下飞溅,渐渐接近灰松鼠。松鼠扭头看见这个不速之客,立即尖叫抗议。周围丢弃的七八个被剥光松子的松塔表明,这地方是它常用的餐桌,它不想放弃。可啄木鸟抬头看它一眼,仍旧埋下头去揭朽树皮,还把朽木块丢向松鼠。

喳喳喳……松鼠发出一阵抱怨,叼着松塔上树逃避,它惹不起这个嘴爪锋利,力大无比的红头顶黑色大鸟。这是只雄鸟,头顶红彤彤耀眼,十分醒目。

初秋时节,当年生的啄木鸟喜集群。这些小小子儿小丫头十几只一伙,在树林里到处游荡,寻找各种熟透的浆果和树木种子,个个都吃成小胖墩,好平安度过寒冬。有一天,我从林子里出来,忽听四周一片喧闹,猛抬头,周围十几只红白黑羽色簇新的大斑啄木鸟,高低错落分布在矮树丛和草地上。立刻手忙脚乱,不知该拍哪一只好。结果一声警哨,大家呼啦啦一齐起飞,遁入树林。当年生绿啄木鸟也爱结群,它们的羽毛在阳光下嫩绿透黄,润泽有光,与老鸟的灰绿成鲜明对比,很好辨认。我试着跟了两次,可人家很机警,根本不给我机会,两次都眼巴巴看着它们飞远。

就在那年的冬天,一只当年生绿啄木鸟做了我家的客人,还吃了一顿丰盛的早餐。

12月的一天,我早饭后上山。沿熟悉的啄木鸟小路一直向上走,来到大斑雕花木桩旁。见周围薄雪上有一片新鲜的动物脚印,于是仔细观看。四个圆圆的豆粒大趾垫,前端有细小如笔尖的尖爪痕,掌垫有拇指肚大小,像一朵朵五瓣雪绒花。伶鼬足迹,凌晨时它来这寻找在空筒子树桩里絮窝的小鼠。我立刻放轻脚步,这小家伙全身雪白,姿态优雅,却是个凶悍的野鼠杀手。万一它还在树洞里捕猎或进食呢,这是个贪吃的主儿。空心树肚内宽大,足可容两人,我很可能拍到它。

探身进去,草草打量一圈,地面朽木渣中有细碎模糊足迹,却无小动物银白身影。抽身出来,忍不住又去观察奇妙的朽木花纹。

突然,树桩顶端另一侧传来噗噜噗噜鸟儿轻悄扑翅声,显然有鸟儿落在大树桩顶,接着传来笃笃笃啄木声。啊,啄木鸟,怪不得振翅呼呼生风。

我曾听过翠凤蝶在耳畔飞舞之声,听过山雀在身边的飞升声,听过榛鸡从脚下雪窝里跃起声,听过雉鸡从蒿草丛中飞逃声。它们拍打翅膀的声音或强或弱,或疾或舒,或低或高,但都有一个共同特点，就是有力，强有力的双翅拍打空气的劲风声。这类声音平时听不到，常上山的人却很熟悉，也不易忘记。

接下来听到噗噜噗噜疾速有力扑翅声，心头一震，太有力了，从未听过这么急剧的劲风声。然后传来几下类似扑打的嘈杂声。

叭嗒。一条黑影从眼前掠过，掉到地上。

一只绿啄木鸟张开双翅，仰面朝天躺在雪地上。看样子，它遭到突然强力打击，昏厥后从树桩上掉了下来。

我双手捧起昏死的小鸟，翻来覆去察看，无一丝生命迹象。抬头向树桩顶部看去，想找到袭击它的天敌。估计是一只鸢，只有鸢才具备如此强劲的打击力道。这附近有大鸢活动，还见过普通鸢的身影。这时，一只大斑啄木鸟从树桩背面飞离，在空中划出一条起伏的波浪线，投入不远处的密林中。

明白了，被击晕的绿啄木鸟是当年出生的，这是未满周岁的顽童少不更事，误入大斑啄木鸟的领地觅食。大斑啄木鸟恰巧在附近，为捍卫领地当即扑过来展开攻击。我听到的急剧扑翅声，就是领地主人在进攻中挥翅击打对手发出的。另外，它的尖嘴坚如利凿，绿啄木鸟绝不是它的对手。一旦被它啄中脑门或抡翅打中头部，立即失去知觉。

怪只怪这只小绿啄木鸟不懂规矩，竟敢独闯别人家的领地。攻击它的可能就是那只大斑啄木鸟妈妈，人家是主人呀，守土有责。

仔细看昏死的鸟儿，一眼可辨出它是个少年郎。它嘴尖微张，双眼紧闭。头额一抹艳艳朱红延至后脑，两颊下方有似两撇长胡须的淡红羽纹。颔下及胸膛纯白，腹部至尾下现淡墨勾勒样大片尖角鳞斑，洒脱中蕴含精致。背部和翼上覆羽簇新油亮，翠绿中透出淡淡嫩黄，整个后背羽面闪动着年轻生命特有的柔润光泽。双翅下端凸显一道点缀鲜明银斑的黑晶晶条纹，似胁下华丽裙带。尾巴宛如一束窄扁的羽刷，坚挺出两叉有花斑的尾尖，可看出支撑身体的硬度。整个身形紧绷颀长，若高踞树顶，一定尽显俊秀苗条身姿。它也许就是我的那对绿啄木鸟邻居的第一窝后代。深秋时我见过鸟妈妈带孩儿们在山荆子树上蹲下跳大吃熟透的浆果，可现在它却软沓沓毫无生气。

真心疼啊。我将热乎乎的鸟儿身体贴在脸上。咦？那软毛披覆的小胸口似有微微心跳。是的，是心跳。

咚、咚、咚——极微弱的搏动。仿如初夏林中触碰脸颊的毛杏，微风里摇曳的花蕾，朽木上初生的蘑菇，林地上新生的嫩树芽，草窝里幼狍伸出的湿热舌头……轻轻，轻轻地触动我的面庞。它还活着，但陷入深度昏迷，不知还有没有救。

情急之下，我把它捧至嘴边，用嘴唇衔住冰凉的鸟嘴，试着做嘴对嘴人工呼吸。一股淡淡的微腥羽毛气息袭入鼻孔，小小心脏轻叩手心。这弱小的鸟儿的生命多顽强呵。它不会死，不会的。

人工呼吸不见效,我只好小心捧着盛着鸟儿的毛线帽回家。进门后马上找一个纸盒,铺上软布,把鸟儿放进去。拿一只小碟子盛了水,用棉签蘸着水轻触它微张的嘴角,试着让它喝点水。然而,心急笨拙的我把棉签浸得过饱,不小心把水滴在了它紧闭的眼皮上。在它的喉咙滴了几滴水之后,便去翻看今天拍摄的照片。忽然,我感觉有些异样,似乎被什么人盯着看。回头向盛着昏厥鸟儿的纸盒看去——

哇,纸盒中探出个木呆呆的鸟头。它那沾着水珠的眼皮睁开了,阴影中由亮橙变暗黄的琥珀色鸟眼正一眨一眨地盯着我,乌黑的瞳仁闪出一星亮亮的光点。

我看花了眼吗?不,是它,醒来的绿啄木鸟。它惊讶地正盯着我——这个古怪的两条腿高个子动物看。

它醒过来了,没死!

我赶紧拿起在途中向农户借来的旧鸟笼,一步步靠了过去。它显然未彻底醒来,仍瞪着圆滚滚的眼睛,茫然不解地呆望着我。

轻轻捉起它的身体,稳妥放进笼中。它屈膝蹲在那儿,前后不稳晃动几下,慢慢趴在我事先铺好的朽木渣堆上。啄木鸟妈妈产卵前都在巢底铺一层朽木渣当产床,我这是跟它妈妈学的,让它有回家的感觉。再放入盛了苞米子的小碗和水碗,又找来一把蓝莓果干放进去,它爱吃什么就吃什么随意选。好歹算给这个小客人布置了一个暂住地,安置它在我家住一晚吧,一旦恢复正常,马上放归山林。

它安稳地趴在笼子里,别看它平时眼神明亮,现在却十分呆滞,茫茫然不知发生了什么,也不知身在何处。好哇,只要不扑腾不乱闹就行,好好睡一晚,但愿你明早一切如初,重回森林重回蓝天。

夜深了。上床之前我又去看看它,鸟儿大都是雀盲眼,天色昏暗即睡,它也如此。只见它眯着双眼,似已进入梦乡。多年来,我都是一个人睡,今夜有它陪伴,该睡个安稳觉吧。

一觉睡到天亮,醒来第一件事就是去看它。咦?笼子里空空的,它不在!

为它准备的苞米碴子、水、蓝莓果干一点未动。再看,笼子侧面有个洞。这笼子太老旧,它瞅准栅格稍宽的地方硬挤出去了。鸟类天明即起,冬天六点钟已天亮,依天性起早的鸟儿当然不甘心大清早待在笼中吃现成的,它要自由呵。

四处寻找,啊,它在窗帘盒上落着哩。满屋子抓鸟的经历我有过,费时又狼狈,不去管它,先做早饭,吃过饭再想法子送走它。

挂面下锅,从冰箱里拿出一小撮肉馅,再切些青椒丝做个打卤面。把肉馅放菜板上,转身去门廊储物篮拿青椒,准备洗净切丝。从门廊回到厨房,咦?肉馅怎么少了?再看,是少了,凭空少了一个边角。

奇怪,谁干的?屋里没别人呀。哈,对了,有只早起的绿啄木鸟,它有起早觅食的习惯。

对,试试它。我转身又去门廊,但关门时留条缝隙,从门缝往屋里看。只见那小家伙一展翅,划了个简洁的弧线,落在菜板上。噔,叼了一口肉馅,转身飞回窗帘盒,一仰脖咽了进去。

好一个爱吃荤的小家伙,一切干得干净利落。它似乎知道自己的做法不好,见我出门后才下来偷吃。

瞧,它又展翅下来,落在菜板上。噔,又叼一口肉馅,转身飞回窗帘盒,一仰脖又咽了下去。

饿了就吃,拣自己喜欢的吃,天性使然。动物的一切行为均依天性,无半点虚伪。作为人类的我,对它只有尊重,给予它及所有动物应有的尊重和帮助,是人类应尽的本分。

我站在门边不动,看着它一趟又一趟飞下来,把那撮肉馅吃光。它大概饿坏了,吃得胸前的胃囊鼓胀如球。

我轻手轻脚进屋,打开通往阳台的大窗。拿起长笤帚一下一下轻轻挥动,把它赶向窗口。它害怕挥动的笤帚,本能地四下张望寻找出路。我见过径直撞向玻璃窗撞昏的小鸟,也听说曾有猫头鹰撞在玻璃房上夭折的。所以很小心地把它往开窗的方向驱赶。它也真争气,先落在窗边的窗棂上,探身向窗外看了看,纵身跳出窗外,箭一样飞蹿出去。

早霞在它身上映出绿金色的光,随着它在空中的身影波浪般起伏忽明忽暗,像一条远去的金绿交织的明亮线条,笔直飞往西南方向的原始森林。我目送它的身影化成一个小黑点,渐渐消失在远山林海中。

再见了,淘气的少年绿啄木鸟,我们俩将来还会见面的。我不指望能认出它,更不指望它记得我。只希望它平平安安地生活在森林家园中,只希望年复一年听见它那脆快嘹亮的鸣唱。

2012年春天,我行走在那片熟悉的绿啄木鸟领地边缘。远山近林依然鼓声阵阵,鼓声中不时夹杂这些热情小鼓手脆脆的鸣叫。忽然,耳边响起一阵轻轻的扑翅声。循声望去,一只鸟影渐渐远去。虽然是逆光,但飞行轨迹表明,那是一只啄木鸟。

是绿啄木鸟吗?我紧盯住鸟影,恰巧它敛翅落在一棵大树中间的分杈处。阳光正好,那是一只在明亮阳光下头冠红艳羽色翠绿的雄性绿啄木鸟。树的分杈处长一截被风吹折的筒状枯桩,大碗口粗,半人高。它歪脖打量一下枯桩,接着沿桩身向上攀爬至上部。停顿一下,张开双翅,做出环抱枯桩的动作,紧紧抱住它。然后脖颈挺直,头部发生一阵快速抖动,嘟嘟嘟嘟嘟——一阵脆亮中带点刚硬调子的木鼓声传入耳谷。

我的心震颤了一下。绿啄木鸟击鼓,这个我从未看到的景象终于得偿夙愿。眼前的它,张开双翅抱着木鼓,敲出一串串悦耳的鼓声。我不懂那棵枯树的种类,它懂。它能从千万棵树木中,找出自己要的那只木鼓。同时,它不但会敲鼓,而且像一个演奏家一样,懂得抱持怀中的乐器,演奏出一串串唤醒春天的奏鸣。

  我目不转睛地盯着起劲儿击鼓的它,是那只来我家做客的少年绿啄木鸟,还是它的兄弟?认不出,真的认不出。不过,是哪只无所谓,反正那是一只绿啄木鸟家族的成员。它在早春阳光中欢快击鼓,准备建立新家庭。

后　记

我是怀着悲愤交加的心情写这篇后记的。

这时，长白山屠熊案已近尾声，犯罪嫌疑人被抓获并招供。在此期间的多次踏察中，我关注八年的母熊"好媳妇"的那片领地，再没有出现过它的活动痕迹。领地已被一头体重三百斤以上的大公熊占据。我这才意识到，在惨案中惨遭灭门的，是"好媳妇"和它的子女们——两头一年零三个月的半大熊和一头今年腊月才出生的三个月大的幼熊……"好媳妇"领地的北缘距我的住处五公里，它和火狐狸、青鼬、山猫、灰松鼠、小飞鼠、野猪、狍子、黑啄木鸟、褐河乌、星鸦、绿啄木鸟、松鸦、棕黑绵蛇等许多动物，是我山上的近邻，也是我作品的主人公。它们给了我解读生物进化真谛和原始森林奥秘的金钥匙。我时刻把它们挂在心上，常去看望它们，哪怕只看见一丝爪痕，一个模糊的足迹或一截粪便，都感到无比高兴。

咸丰年间的《朔方备乘》有一章"艮维窝集考"，记载东北有四十八座大窝集（窝集，满语：黑森林）。《中俄瑷珲条约》等三个不平等条约，划走了其中十八座大森林。剩余的三十座，曾遭日、俄的大量砍伐。新中国成立后，由于建设需要，开始全面砍伐，最后只余长白山保护区1960公顷的原始林未遭斧斤，这也是中国唯一一座具有北温带与寒温带地理物候特征的原始林。当年四十八座大窝集均以满语命名，我身边的这座森林满语为"纳秦"，意为"绿海"。可以想象，当第一位登上长白山之巅的女真人，眺望山下无垠林海时，他脱口而出："绿海！"从古至今，三条大江从天池发源造福两岸；绿海庇荫东北亚风调雨顺。

原始森林是陆地上动植物物种最丰富的地方，是自然万物演示进化奇迹的大舞台，是物种间共生互动生命之网的完美典范。五年来几乎每个晴天，我都充满好奇和兴奋地踏上山路，用所有感官在林中寻觅、迎接、遭遇自然界时时处处都可能出现的大大小小奇迹与惊喜。这座森林于我是创作源泉，心灵寄托，神圣之地。这里有世上最新鲜的空气，最清澈的水，最美的野花和蘑菇，最动听的鸟鸣，最纯粹的森林音画……2005年秋，黑熊的求偶季，我第一次听说，一头母熊被八头公熊追逐着翻山越岭远去。众公熊看中的是它的生命活力与成功养育小熊的经验,从此母熊得名"好媳妇",那时它大概五岁。从那时起,我年年都看见它的活动足迹,并两次与它在林中远远相望。漫漫八年,它成功养育了两窝小熊,自己也罕见地活到十二岁零四个月(熊的寿命为25—30年,在猎杀不止的情况下,平均只能活3—5年)。由于长白山生存环境严酷,公熊与母熊的比例为5:1,由此看来,"好媳妇"堪称功勋熊。

那一年,我还听说另一个山林故事:在海拔千米的针叶林深处,一个老猎手在距地面一米半处砍倒一棵冷杉。他事先算准树倒的方向,使倒树准确地落在十多米开外的一个大树桩上,把整棵树离地面五尺横架在空中。他这么干有个缘由,等三十年后,这棵倒下的冷杉上将生长一种寄生植物长松萝,獐子(原麝)最喜欢吃长松萝。那时候,自己的小孙子长大了,就可以在这棵冷杉上绑套子套獐子。然而,三十年不到,由于过度猎杀,长白山的獐子已经绝迹。气候变暖,森林过度干燥以及受旅游影响,长松萝正大面积消失。至今,我仍然记得站在那棵干透了的倒木前浑身冰凉的感受,它把我对长白山的美好幻想击得粉碎。这座原始林在20世纪曾遭到酷猎、打松子等大规模破坏。现在被旅游占去10%以上,打松子屡禁不绝;保护区不断遭到各种名目的蚕食;松花江源头出现了污染源;二道白河变成了二道"黄河";林区小镇快速膨胀，各色人等大肆圈地；野生动物栖息地不断减少；东北虎、远东豹、猞猁、棕熊、青羊、原麝、梅花鹿、黑熊、水獭、兀鹫、金雕、大鸨、黑鹳、雕鸮等珍稀动物已经灭绝或正在灭绝……就在写下这行文字的时候，一只长尾林鸮落在我窗前工地的塔吊上，发出"唉、唉、唉"的连声叹息。

随着时间推移，批判与痛惜内容不由自主跃然纸上。连杀五熊的惨案发生后，愤怒至极的我放下所有的事情，发微博，接待各路记者，调查熊的分布情况，向政府提建议，做报告，针对威胁传言作必要防范等，两个月时间倏忽而过，才猛然想起要赶写这篇后记。

雕鸮的洪亮叫声呜——呜哼——头一个呜是高音，后一个呜是下降的低音，带出含混宛转的尾音哼。字面无法表达其原声。长尾林鸮已在一小时前飞走，此刻是12时51分，它正在工地的西边一声接一声鸣叫。此时正是母鸮带小鸮学习觅食本领的时候，它们来建筑工地干什么？它们不知道有的人无比贪婪、愚昧、狠毒么？它们不知道，真的不知道。今年春天，有人在空楼房的顶层发现四只幼鸮，抓进铁笼带走了。多年来，我只见过一次雕鸮的身影。于是马上拿起强光手电和望远镜跑出去找它。刚走一半路，叫声消失，它飞走了。2009年秋的一个深夜，它的歌唱让我知道了这只雕鸮的领地。前面的那只长尾林鸮跟它是邻居，2008年我结识了它在寒葱沟的家族。大中型鸮类喜欢在枯树洞栖身，这两只鸮的领地内适合它们建巢的大枯树太少，无奈进入空楼安家。

我曾于中秋月圆之夜在林中聆听两只林鸮的对歌，清润嘹亮略带喉音的天籁之声，人类的任何音乐都不能与之相比。当时我热泪盈眶，那是森林给我的回报。

五年来我过着一半森林人一半写作者的生活，克服了孤独伤病以及在城市里想不到的种种困难，甚至是阻挠和恫吓。尤其发微博公布熊被杀惨案之后，真切地感到亲朋好友的担心和存在的威胁。这些都不重要，重要的是如何使山上的动物不再被杀害，森林不再被破坏，河流不再被污染，为它们倾尽自己的一份心力。

后记等同总结，千头万绪无从说起，一句话：当人类利益与野生世界发生冲突时，我永远站在野生世界一边！

图书在版编目（CIP）数据

山林 / 胡冬林著 . — 郑州：河南人民出版社，2019.1
（绿水青山生态文学书系）
ISBN 978-7-215-11778-5

Ⅰ．①山… Ⅱ．①胡… Ⅲ．①散文集－中国－当代 Ⅳ．① I267

中国版本图书馆 CIP 数据核字（2018）第 240203 号

河南人民出版社出版发行
（地址：郑州市经五路 66 号 邮政编码：450002 电话：0371-65788067）
新华书店经销　　北京盛通印刷股份有限公司
开本　880 毫米 ×1230 毫米　1/32　　印张　9
字数　161 千字
2019 年 1 月第 1 版　　2019 年 1 月第 1 次印刷

定价：42.00 元